熊猫侠之保护三星堆

陈国兵　著

新星出版社　NEW STAR PRESS

图书在版编目（CIP）数据

熊猫侠之保护三星堆 / 陈国兵著 . -- 北京：新星出版社，2020.11
ISBN 978-7-5133-3317-7

Ⅰ.①熊… Ⅱ.①陈… Ⅲ.①科学幻想小说—中国—当代 Ⅳ.① I247.5

中国版本图书馆 CIP 数据核字（2018）第 273769 号

熊猫侠之保护三星堆

陈国兵　著

| 策　　划：谢　斌　杨成春　朱　鹰 |
| 责任编辑：汪　欣 |
| 特约编辑：洪　与　姚小红　莫金莲　刘德华 |
| 责任印制：李珊珊 |
| 装帧设计：刘青文 |

出版发行：新星出版社
出 版 人：马汝军
社　　址：北京市西城区车公庄大街丙 3 号楼　　100044
网　　址：www.newstarpress.com
电　　话：010-88310888
传　　真：010-65270449
法律顾问：北京市岳成律师事务所

读者服务：010-88310811　　service@newstarpress.com
邮购地址：北京市西城区车公庄大街丙 3 号楼　　100044

印　　刷：北京天恒嘉业印刷有限公司
开　　本：890mm×1240mm　1/32
印　　张：7.875
字　　数：126 千字
版　　次：2020 年 11 月第一版　2020 年 11 月第一次印刷
书　　号：ISBN 978-7-5133-3317-7
定　　价：35.00 元

版权专有，侵权必究；如有质量问题，请与印刷厂联系更换。

目 录

- 001　第一章　智慧的熊猫家族
- 013　第二章　熊乾走进三星堆
- 024　第三章　三星堆地动山摇
- 032　第四章　繁荣的三星堆
- 046　第五章　玄殊偷走木盒
- 050　第六章　地球磁场消失
- 059　第七章　熊猫基地发生强震
- 070　第八章　地下密室修炼
- 079　第九章　黑白双鱼大显神威
- 092　第十章　玄菱使用美人计
- 105　第十一章　熊乾和玄殊密室修炼

117	第十二章　争夺黑色木盒
130	第十三章　玄殊不辞而别
145	第十四章　熊乾寻找玄殊
158	第十五章　金沙村原始部落
169	第十六章　准备撤离三星堆
181	第十七章　三星堆首领遇难
191	第十八章　三星堆陷入绝境
200	第十九章　外星恶魔
209	第二十章　熊乾复活
221	第二十一章　血战三星堆
230	第二十二章　成功打败恶魔
242	尾声　三星堆藏着太多的秘密

第一章　智慧的熊猫家族

凌晨两点半，房子剧烈地抖动了起来，门窗玻璃发出清脆的"嗒嗒嗒、嗒嗒嗒"的响声。

陈默瞬间被惊醒了，一把推醒妻子，说："地震了，快躲起来。"随即跳下床，冲进对面两个孩子果果和豆豆的房间。看蜷在被窝里面的果果和豆豆俩无动于衷，根本就没有任何反应，就连人带被子一把抱起，放进了床头柜和课桌形成的狭小空间。

房子还在抖动，陈默像老母鸡用翅膀保护小鸡一样护住两个孩子。两个孩子眼睛都没有睁开，在被窝里面躬身趴着，果果嘴里含混不清地问道："爸爸，又怎么啦？"

陈默哭笑不得，说："孩子们，地震了。"

两个孩子这才很不情愿地睁开了双眼，睡眼惺忪地望着天花板，问道："爸爸，这好像是第235次余震了吧？"

余震过去了，房子不再抖动，一切归于平静。

妻子莉梅揉着惺忪的眼睛推门进来，看陈默和一对宝贝儿女还躺在地毯上，"噗嗤"一声笑了，娇嗔地埋怨道："两百多次了，这样的地震都已经习以为常了，半夜三更的非要把人吵醒？"

陈默冲妻子温柔地说道："亲爱的，不是我把你们叫醒，是地球又开始生气啦!"

他抓过手表看了看,时针正好指向两点半。就说:"孩子们,地震过去了,上床睡觉吧。"

豆豆很不情愿地说:"妈妈,我怕,我要和你们睡。"果果马上附和说:"我也要和你们睡。"

陈默说:"孩子们,还记得我教你们的避震方法吗?"

两个孩子知道爸爸是故意考他们,为了争取到和爸爸妈妈睡在一起的机会,异口同声地说:"记得。"

陈默说:"好,那我们再演练一遍。来,喊妈妈也一起参加。"在对待避震这个问题上,作为一名地理学教授,他一点儿都不含糊,必须严格要求。

莉梅本来不想折腾,但看到孩子们期冀的眼神,就点头同意了。

一家人回到爸爸妈妈的卧室,躺在大床上。

陈默看准备就绪,就大声喊道:"地震啦!地震啦!地震啦!"果果一把抓起枕头,身上裹着被子,敏捷地从床上滚了下去,豆豆也学着哥哥的样子,很快地滚下了床。两个孩子都仅露出一个头,整个身子都躺在由床头柜、床和梳妆柜之间形成的一个狭小空隙里。

陈默微笑着冲两个孩子点了点头,说道:"你们都做得很好,可刚才真的发生地震的时候,你们却没有一点躲避的意识,虽然这么多次小震你们都习惯了,但说不定哪天会发生让人不敢想象的大地震。所以当地震来临的时候,一定要快速地滚下床,钻进这个狭小的空间里去,那样才能够第一时间保住自己的小命。"

果果微笑着从地上坐了起来,笑着问道:"爸爸,那你给我们再示范一次嘛!"

豆豆也大声地喊道:"爸爸又要当大熊猫了哦!快滚下来!大熊猫,快滚下来!"

陈默为了满足两个孩子,就给他们再做一次示范,便迅速地钻进了床上的被子里面,裹紧,一只手快速地抓起枕头放在头顶上,另一只手抓住被子的一角,像一只滚圆的大熊猫那样,"嗖"地一声便从床上滚了下去。

"妈妈也来滚一次!"豆豆喊道。

果果笑嘻嘻地:"妈妈也滚一次嘛!"

莉梅喊道:"深更半夜的,你们几个还睡不睡啊?"

"不!你就是要滚一次,我们才睡觉!"果果和豆豆大声地喊道。陈默也微笑着望着妻子,示意她也滚下来,给孩子做个示范。

莉梅摇了摇头,无奈地钻进被窝,学着陈默的样子,从床上滚了下去。看着妈妈的笨样儿,两个孩子哈哈大笑了起来。

陈默一家人趁着余震后的机会,再次练习了如何躲避地震。作为四川大学的地理学教授,他在每一个房间都设计了不少的三角区域,包括厕所和厨房都有,目的是躲避该死的毫无防备的地震。

从年初开始,到处频繁的小地震让陈默预感到盆地近期又会有一场7.0级以上的大地震。所以,他很焦虑,也很严谨,随时都守候在实验室里面,搜集各种数据。

孩子们都上了床,但睡意全无了。

果果抓过床头的一本绘本,缠住陈默说:"爸爸给我们讲故事吧!反正都睡不着了。"

豆豆也趴在爸爸的怀里,用一双水灵灵的大眼睛望着父亲。

陈默笑呵呵地问道:"孩子们,讲什么呢?"凭他多年的研究经验,再过一个小时,像这样的4.5级以上的小震还会来一次的。所以,他就爽快地答应了两个孩子的要求。

"就接着讲大熊猫熊乾吧!"果果说道。

"不,讲熊猫爷爷熊空!"豆豆嚷嚷道。

"熊乾!""熊猫爷爷!"两个孩子在床上吵了起来。

陈默戴上眼镜,从果果手中拿过书,说道:"不要吵啦,两个都讲,好不好啊?"

"好！"两个孩子一齐趴在了陈默的怀里，认真地聆听了起来。

莉梅拗不过他们三人，无奈地戴上眼罩，幸福地依偎在豆豆身边，准备静静地入睡。

陈默小声地说道："爸爸接着给你们讲熊猫家族是如何保护三星堆的，要不要得呀？"

豆豆拍手说："好吧！"

果果却有些郁闷地说："好吧，你安静！爸爸快讲了。"

陈默又看了看表，开始讲故事，他心里面则在预测着下一次余震到来的时间。

距今一万多年前，地球上到处都长满了高大茂密的竹子，郁郁葱葱，青翠欲滴，绵延数万里，整个地球仿佛穿上了一件碧绿色的翡翠外衣，空气清新，泉水叮咚，大江大河就像地球身上的血管一样，干净清澈，没有一点儿污染。

在竹林深处，住着憨态可掬十分可爱的大熊猫家族。他们过着与世无争的日子，每天都成群结队地在竹林里玩耍，到处巡游，到处闲逛。大自然给了他们丰盛的食物，饿了，就掰开新鲜的竹笋，采摘鲜嫩的竹枝，集体分享；渴了，就寻找小溪，大口大口地痛饮山泉。成年的大熊猫就每天打扫竹林，未成年的就每天在竹林里做着游戏，有时候也去走亲访友，和周围的大熊猫交流交流。

生活在这片竹林的熊猫家族的首领叫熊空，这是一个很仁慈很有智慧很有爱心的男熊猫，读了各种天书，上晓天文，下知地理，也很有威望，熊猫家族的大事小情都喜欢找他商量请他拿主意，深得熊猫家族的尊重。熊空有两个儿子，哥哥叫熊乾，弟弟叫熊坤。

这一天，熊乾哥哥领着一群可爱的熊猫孩子在竹林里特别设计的小山坡玩滚球。他们很讲秩序，列队等候着，并挨个地站在哥哥熊乾的面前，蜷缩成一团，然后闭上眼睛，让熊乾哥哥轻轻一推，便骨碌碌地滚下小山坡。因为有草甸和竹叶，所以一点都不疼，大家都玩得很开心。

山坡的不远处有一间茶铺，茅屋顶上干净整洁，铺满了竹叶，为熊空早年修建，如今已有了些年份，上面还长满了各式各样的野花，有格桑花，有牵牛花，还有淡紫色的像狗尾巴草样的野草，一株粉红色的藤蔓三角梅沿着茅屋边的一根竹竿爬上了屋顶，和野草野花们斗着鲜艳。

父亲熊空悠闲地坐在茅屋前面的石凳上，放下嘴里的竹子，伸手拿起旁边石凳上的一只茶碗，用嘴对着碗口吹了一口，然后，轻轻地呷了一口，竹林里面顿时清香四溢，茶香芬芳。嘴里嚼着细嫩的竹子，他时而看着孩子们玩耍，时而凝视着石桌上的棋盘。

"爸爸，你也来和我们一起玩吧！"熊乾冲熊空喊道。

熊空道："还是你们去玩吧！爸爸想静静，思考一个问题。"

其实熊空年轻的时候也好狠斗勇，为了熊猫家族的利益和周围的其他动物争斗。自从妻子去世以后，他就慢慢安静了下来，迷上了太极拳和围棋。每天清晨第一缕阳光照进竹林，他就会在竹林的太极场操练太极武艺，长年累月的练习，他的太极拳练得是出神入化。

孩子们都很喜欢他，特别是每当熊空练习太极的时候，那仿佛就是神的存在，竹林里面太极场周围会安安静静地坐满了熊子熊孙，只见如行云流水的太极带动了周围的气流，卷起一团团五彩的流云，竹叶翻飞。大家都会拍掌叫好。

儿子熊乾和熊坤两兄弟也和其他的大熊猫一起，静静地观摩，用心记住每招每式，等父亲表演完了，就学着父亲的样子，在竹林里笨拙地演练起来。每当这时，熊空就会在他们身边走来走去地指点。

看着孩子们开心地玩耍，不停地嬉戏打闹，熊空脸上很难得地泛出幸福的微笑。

熊空放下手中的盖碗茶，推开石凳上的茶壶，从一只十分精美的竹筐里面抓起一颗黑色的棋子儿，思索了一下，便轻轻地放进棋盘。

自从妻子走后多年,熊空养成了独弈的习惯。他从来不喜欢和别人下棋。因为在他的心中,下棋就是情感交流。

熊空很爱他的妻子,然而,在熊猫的世界,也是自古红颜多薄命。妻子生下熊乾和熊坤两兄弟过后,在一次恶魔的入侵中,不幸中毒,她拼尽最后的力气和恶魔同归于尽。正是妻子的牺牲,换来了这片竹林的和平和安宁。

熊空就把妻子葬在了茅屋的后面,练功结束或是空闲的时候,就去茅屋坐坐,陪伴着妻子。

爱妻刚刚离开的时候熊空也十分郁闷,终日郁郁寡欢,以泪洗面,生活在自责中感觉度日如年,怨自己没有保护好爱妻,成天喝茶,盯着棋盘发呆,孤独地生活在另一个黑白世界里面。双眼很难得离开黑白棋子儿,久而久之,由于长期熬夜,他的眼中布满血丝。他经常手握一颗白棋子儿,目光呆滞地仰望着天空,直到将棋子儿捏得粉碎。

在熊空的心里,妻子根本就没有离去。他总是一边下棋,一边自言自语,絮絮叨叨,仿佛是在和昔日的爱妻对话。

慢慢地,熊乾和熊坤长大了,也慢慢理解了父亲对母亲的情感。他们担心父亲脑子闷出了毛病,又不忍心去打扰父亲内心的世界。有时候兄弟俩也觉得有些孤独。

自从熊空养成了独弈的习惯过后,他便不再度日如年了。他的思想一直穿行在黑白世界里面,两股无形的力量相互博弈、拼杀。熊空认为,战胜别人容易,战胜自己却很难。所以,每当他独弈完一盘棋后,总是会累得大汗淋漓,体力虚脱,不得不在石凳旁躺下来小憩一会儿,才慢慢地睁开双眼。他的思想才会重归竹林。

熊猫家族也习以为常了,都知道熊空还没有走出失去妻子的阴影,很多时候,大家都不愿意去打搅他,只要看见熊空独弈,就会绕道而行,生怕破坏了他内心深处的宁静。

作为长子的熊乾很理解父亲。熊乾经常会远远地蹲在竹林,目不转睛地注视着父亲。熊空的一举一动,儿子都看在眼里,急在心头。但熊乾也没有办法,他不得不偷偷地照顾着父亲。

一天,熊乾正躲在熊空的背后,偷偷地观察着父亲。突然,熊空将手中的黑子儿朝天空中用力一抛,然后伸手接住,长长地叹息了一声过后,大声地喊道:"乾儿,过来!爸爸有话要对你说。"

熊乾这才大步流星地走了出来,十分听话地站在父亲的面前。

熊乾激动得流下了几滴眼泪。因为,这是熊乾有记忆以来,父亲第一次这样大声地叫他。这也是熊乾第一次听到父亲十分正常的声音。

"乾儿,我琢磨出来了,我们身边有两个世界:一个清晰,一个混沌。清晰的世界,就是咱们的竹林;混沌的世界,就是咱们的心灵。"熊空大声地喊道。

熊乾似懂非懂地点了点头。

"一个正义,另一个邪恶!"熊空突然抓起一颗白色的棋子,朝远方猛烈地掷去,只听竹林深处发出"咔嚓咔嚓"之声,几棵高大的楠竹竟被拦腰切断,那棋子儿竟像一把锋利的小刀,划破了竹腰,露出一截整整齐齐的断痕。

熊乾看得目瞪口呆。他快步跑了过去,伸手摸了摸那竹子的断痕,一股新鲜清澈的汁液从楠竹的断裂处沁了上来。那颗棋子儿已不知去向,但熊乾从断痕处望了过去,只见十几棵楠竹都被齐刷刷地划破,正僵硬地在那里硬撑着没有倒下来。

熊乾不解地回到父亲身边,父子俩深情地对望着。

熊空叹了一口气,说道:"乾儿,我想明白啦,这个世界很大,你要勇敢地走出这一片竹海,到外面去看看,不要让竹林成了禁锢我们一生的镣铐。"

熊乾擦干了眼泪,不解地望着父亲。他感到茫然,因为竹林才是熊猫家族的全部世界啊。父亲为何突然要一反常态,说出来这么不着边际的话了呢?

熊空拍了拍儿子,摇着头说道:"孩子,爸爸思索了良久,我们之所以屡屡受到那些恶魔的侵扰而无能为力,根本原因还是咱们这个家族太贪恋竹林了。不错,是竹子的鲜美滋养了我们,但是,自从我认真钻研了围棋过后,才发现,恰恰阻碍了我们家族兴旺的也是这片安逸舒适的竹林。他滋养着我们身体的同时,也腐化着咱们的思想,竹子像一支支利剑,竖在我们面前,让我们裹足不前。熊猫家族本应该黑白分明的,但是,你好好看看,世界正在变得越来越小,天空正在变得越来越暗淡,竹林变得越来越模糊,咱们也变得越来越慵懒了。你说是不是?"

熊乾似懂非懂地点了点头。他完全没有想到,父亲沉默寡言了这么多年,今天突然张口说话就一鸣惊人,听上去那么的离奇古怪。

"儿子啊,听爸爸的话,千万不要走寻常路啊!带上你的弟弟熊坤,一起去外面去闯一闯吧。不然,再这样下去,你们成天就待在竹林里面,贪吃贪玩,浑浑噩噩,以后可咋办啊?你看你们现在都胸无大志,身体长得圆滚滚胖乎乎的,长期这样下去,活着还有意思吗?"熊空有些激动地对儿子说。

"好吧!爸爸,我们明天就出发。但是,你是不是还有什么重要的事情隐瞒着我呢?"

"快准备出发吧!现在,马上就给我滚出竹林去!一刻也不要停留!再也不要回来了!"熊空突然怒吼道。

"好吧!爸爸,你自己要保重身体!要不,你也再找一个妈妈?"熊乾含泪说道。

"滚——!儿女情长,难成大事!"熊空大声地咆哮着。

熊乾一步一回头地走向了远方,朝着熊坤玩耍的方向走去。他眼里噙着泪,看着父亲十分决绝的表情,感到十分的不解。父亲从来都没有像今天这样冲他发过脾气,也从来都没有大骂过他们兄弟俩。

熊乾越走越远,圆滚滚的身体像一团棉花一样消失在了竹林的尽头。

第二章　熊乾走进三星堆

熊空望着儿子的背影，目光刚毅，内心平静，面无表情。他终于下定了决心，要对两个儿子彻底放手，让他们去外面的世界闯一闯。

熊空预感到竹林的静谧和安详日子迟早又会被打破，而他自己的身体也一日不如一日了，正在渐渐地老去。自从失去了爱妻，他仿佛就失去了一切的精神支柱，急切地想培养出大儿子熊乾，让他尽快成长，好让他能够接手管理竹林，延续和壮大黑白家族。然而，自己这么多年来，一直纠结于失去爱妻的痛苦之中，以至于罹患抑郁，终日郁郁寡欢，精神萎靡不振。

今天，他独弈了三局围棋过后，终于醒悟过来，以至于大脑里面突然清醒，昔日练就的一身太极虚空武艺也渐渐地恢复。他把很多的事情都想通了，也看淡了，一股巨大的力量从内心深处慢慢地升腾、聚集。

看着一步三回头的大儿子熊乾，熊空心里还是百转纠结，回过头来，两行老泪不禁潸然而下。

熊乾在竹林里面转悠了好几圈，没有找到弟弟熊坤，又不敢回到父亲身边，就硬着头皮漫无目的地朝前走着，也不知道东南西北，反正累了就躺下来休息一会儿，饿了就掰几根嫩竹笋充饥，渴了就喝几口山泉水。

他走啊走啊，就这样不停地向前走，竹林遮天蔽日，绵延数千公里，他不知道走了多远，也不知道何处是尽头。

一天，熊乾终于走到了竹海的边缘，觉得实在是走累了，就靠在一块巨石旁边休息。突然，身后一声长啸，蹿出来一头雄狮，正昂首屹立在一块巨石之巅，双眼充血，虎视眈眈地盯着熊乾。熊乾一骨碌爬了起来，紧张地退后了几步，背靠着另一块巨石，顺手抓起地上的一根竹竿，准备和狮子搏斗。

"嗷——嗷——"又一声长啸，熊乾抬头，这才发现自己已深陷狮群，一头母狮也率领着七八头幼狮，站在自己头顶上的巨石上面，熊乾身处不利地位，狮群呈前后夹攻的状态。

熊乾吓得浑身发抖，他还从来没有见过这样的凶险场面，也还从来都没有离开过自己的父亲。以前在竹林深处，和熊猫大家族生活在一起的时候，每天总是有几百只彪悍勇猛的熊猫巡逻守护，其他的不友好的猛兽难以接近，都得绕道而行。

熊乾不知所措，脑海里面回放着父亲刚毅的脸庞。他举起双手，示意雄狮他并无恶意，并冲狮子喊道："哎！狮兄，咱只是路过而已，我要走出这片竹林，父亲让我去外面的世界闯一闯。请放我走吧！"

雄狮摇了摇头，露出满口雪白的利齿，充满血腥杀戮的双眼里面发出幽绿的光芒，他一字一句地吼道："这是咱们家族的规矩，任何私闯我们领地的外来者，一律不准离开！"

熊乾急了："咱们是邻居啊，我又不是故意的，竹林森森，遮天蔽日的，我要走出这片竹海，不幸误闯了宝地，请求狮兄放我一马！"

雄狮继续吼道："嘿嘿嘿，少给老子啰嗦！在我们狮子的世界里，唯我独尊，不允许狡辩！除非——"

"除非什么？"熊乾焦急地问道。

"除非你能够打败我！否则，我绝对不允许你活着走出我的领地。你如果逃出去了，那就是对我的严重侮辱！"雄狮边说边在石头上磨着利爪，埋低了头，双肩肌肉凸起，身子前倾，屁股翘得高高的，尾巴像一把利剑直插云霄。他准备发起进攻。

熊乾肉乎乎的身子缩成了一团，浑身打颤，吓得尿都流了出来。他苦苦地哀求道："狮爷啊，我还年轻，不懂事，今天真的不是故意冒犯你的领地啊，我真的只是路过而已！这完全就是一场误会，你放过我吧，他日我们熊猫家族定当前来重谢你的！"

此刻，任性的雄狮哪里还听得进去熊乾的话？他仰天长啸一声，以迅雷不及掩耳之势从半空中飞身猛扑了下来。

熊乾闭上双眼，身子缩成了一个黑白肉团。他毫无反抗之力，竟然软弱得像一团棉花一样躲在大石的下面瑟瑟发抖。他想："今天肯定死定了。"他十分后悔自己没有好好地向父亲学得一身功夫。

就在雄狮的利爪即将抓住熊乾脖子的那一刹那，空气中发出一阵"哧哧哧"的响声，雄狮竟然重重地跪倒在了熊乾的面前，喘着粗气，目光呆滞，嘴巴大张着，露出满口雪白的利齿，两只前爪停留在半空中，竟一动不动地死去了。

熊乾又吓了一大跳，赶紧闭上眼睛，双手合十，朝天空中跪拜，嘴里面念念有词："神啊，感谢你及时出现，保佑了熊乾，日后定当感谢。"

站在巨石上面的母狮子见自己的老公倒地毙命了，也毫不示弱，冲着几个孩子大吼一声过后，也腾空跃起，从十几丈高的崖石上面飞身扑下，两只利爪直奔熊乾的胸部而来。又是一阵轻微的响声过后，母狮子也像一块废铁一样，重重地落在了熊乾的脚下。

幼狮们见状，迅速落荒而逃，纷纷夹着尾巴，快速地遁入了茂密的竹林，消失得无影无踪了。

熊乾慢慢地睁开眼睛，看见几秒钟前还威风凛凛的狮子夫妇竟然瞬间便倒地毙命了，他更加吓得魂不附体，便小声地问道："是谁呀？感谢你出手相助！"

没有回应，森林里寂静无声。一阵风吹过，树叶发出沙沙的响声。

大约过了十几分钟后，熊乾才慢慢地走近两头狮子的面前，蹲下笨重的身子，伸手抚摸着雄狮的头，惋惜地说道："对不起，老兄，对不起，是我害了你们。我误闯了你的领地，我也向你解释清楚了的，你们如果及时放过我，或许也就放过了你们自己啊。"

熊乾站起身来，爬上那块巨石，朝四周看了看，四周空荡荡的，没有任何动物出没，也没有看见什么神仙。他跳下巨石，将两只罹难死去的狮子拖在一棵大树的下面，将雄狮夫妇并排放在一起，双手合十，祭拜了过后，掩埋了他们，便转身笨拙地朝森林外面走去。

"爸爸，熊乾要去哪儿呢？究竟是谁帮助熊乾杀死了那两头狮子啊？"果果好奇地问道。

陈默看了看时间，预计下一次地震就快要来了。

豆豆瞪了一眼果果说："就你问题多，等爸爸讲了不就知道了。"

陈默继续讲道。

熊乾他自己也不晓得该去哪儿，只记得爸爸说的要走出竹林走出森林，就这样漫无目的地走啊走啊，他遇到过巨蟒，遇到过万丈深渊，还遇到过激流险滩。终于有一天清晨，他眼前出现了一片茫茫云海，红彤彤的太阳正慢慢地从云海中冉冉升起。

熊乾根本就不知道自己身在何处，他低头看了看脚下，自己正站在一块光溜溜的巨石上面。那巨石黝黑发亮，像一头水牛的肥硕发亮的脊背，油光水滑的，一直向身后缓缓地延伸下去，深不见底。

熊乾早已累得精疲力竭了。他索性在光滑的"牛背"上面躺了下来，心想："自己这次出来，终于冒险走出了竹海，究竟要到哪里去呢？总得要寻找一个方向吧？"

他苦苦地思索着路在何方，脑海里面竟一片空白。他突然昂首挺胸，朝太阳升起的方向，猛烈地嚎叫了几声，云海震颤，巨石下面发出阵阵回音。

"嗨，是谁在这里大喊大叫？"突然，一个巨大的声音像是从地底下冒出来一样。

熊乾大吃一惊，警觉地朝四周看了看，什么也没有。他抬眼朝太阳升起的地方望去，只见远处的云海陡然向两边分开，白茫茫的云海里面，仿佛有一头巨大的鲨鱼正朝自己这边猛烈地扑了过来。鲨鱼的鳍背就像一把锋利的剪刀将云海快速地划破，一个巨大威猛的样子丑怪的人瞬间便站在了熊乾的面前。

"你，你，你是谁？"熊乾顿时吓得舌头都打不直了，浑身哆嗦地问道。因为，此刻站在他面前的这个巨型大汉，足足有3米高，脑壳四四方方的，两只眼睛像螃蟹的眼睛一样凸起，耳朵像两片芭蕉叶一样垂着，嘴巴很大，张开像一个山洞，他说话的声音像打雷一样响。

"爸爸，我知道啦！肯定是三星堆的巨目神吧？"豆豆突然插嘴道。

"呵呵，乖女儿，你猜对啦！这个巨目神啦，在古代就是保护人类的大神啊！他的眼睛叫千里眼，耳朵叫顺风耳。"陈默说道。

"哈哈哈，那他的嘴巴是不是好吃嘴呢？我肚子饿啦！"果果调皮地问道。

"安静地听，不然我就不讲了哈！"陈默故意瞪了两个孩子一眼，待他们安静了下来过后，又继续讲。

"你好，我叫拉克勒，眼睛和耳朵长得比常人是大了点儿，所以人们管我叫巨目神，我该没有吓着你吧？刚才，你喊了一声，被我听见了，就立即赶过来帮助你！"拉克勒十分礼貌地向熊乾伸出了手。

熊乾这才心情平静下来，缓缓地从滑溜溜的牛背山上站了起来，小心翼翼地问道："那你究竟是什么动物？我以前怎么没有见过呢？"

拉克勒回答道："我们不是动物，是人类。"

熊乾一直生活在竹林里面，对外面的世界一无所知，从来都还不知道这个世界上还有一种叫人的动物。他独自小声地嘀咕了一句："人？怎么那么丑啊？"

"呵呵，难道你就长得乖吗？我看你浑身肉滚滚的，走起路来像一颗滚圆滚圆的西瓜，居然还说我丑？"拉克勒毫不客气地讽刺道。

熊乾赶紧伸手捂住了自己的嘴巴。心想："自己刚才明明就只是在心里面这样嘀咕了一句，而且嘴巴上就仅仅动了一两下，比蚊蝇发出的声音都还小。可是，眼前这个大个子怪人居然就能听得一清二楚，这人类也太可怕了嘛。看来，自己这一路走来，遇到过狮子，遇到过巨蟒，遇到过万丈深渊，还遇到过激流险滩，最后每一道坎儿都化险为夷了，有好几次都是在最危险的时刻被一种看不见的力量给化解过去了，仿佛有神灵在暗中帮助我。而恰恰面前这个怪人，自己可千万不能掉以轻心了啊。他要么是朋友，要么就是敌人！"

在熊猫的世界里面，父亲熊空从小就这样教育孩子们："在熊猫家族，祖先遗留下来一种十分宝贵的思想，那就是没有混沌之说，'非黑即白'的祖训一定要发扬光大！咱们子子孙孙都要终身牢记。所以，我们每一只大熊猫从出生的那一天起，祖先就要在你们洁白如雪的身上打上七块黑色的烙印。七，代表永远永远！永远要牢记！"

熊乾向着拉克勒伸出了一只肉乎乎的宽大的熊掌，说道："那好吧，咱们交个朋友？"

拉克勒再次上下打量了熊乾一番，从他熬更守夜的黑眼圈里面读出了他内心的善良和友善，他伸出巨手，和肉乎乎的熊掌握在了一起，两人相视一笑，友好地抱在了一起。

拉克勒问道："好兄弟，欢迎你来到四川盆地，这儿是雅安的牛背山，太阳升起的地方叫宝兴，那里有一座宝塔，咱们要不要过去找点儿好吃的呢？你肯定肚子饿了吧？等休息一会儿过后，我就带你回咱们村子里去住几天？"

熊乾抬头看了看巨目神，从他的脸上也读到了人类的善意，他点了点头道："你们那儿叫什么名字？离这里远吗？"

拉克勒哈哈大笑了起来，说道："兄弟，咱们村儿叫三星堆，在盆地底部，对于你来说那可就遥远啦，而对于我来说那就只是分分秒秒的事情啦。你看我的腿，一步就能迈到10

里，而你究竟从哪里过来的啊？身上长了那么多的肉，圆滚滚的，咱们村里面的人可不喜欢你这个样子。"

熊乾被羞得满脸通红，他简直没有想到自己这么多年来就只知道吃竹子，没有一丁点儿本领，要不然，他早就飞起一脚踹过去，哪有这样嘲笑人家的身体的？

"看来，父亲真的说的好，咱们熊猫家族真的是不思进取啊！只长肉不长思想，我必须得好好学习，练就一身本领。否则，以后咱怎么有脸再回到竹林里面去呢？"熊乾呆呆地站立，脑子不停地这样想着。

"走吧，咱们去宝兴溜达一圈，顺便过去休息一会儿。"拉克勒不等熊乾答话，双手一提，张开双臂，抓住了熊乾的上肢，便将他笨重的躯体高高地举过了头顶，脚下生风，呼地一声轻响过后，便在宝兴县的宝塔前面落定。

拉克勒放下熊乾，用手指了指宝塔的顶部，对熊乾说道："自己去宝塔上面转转吧，我知道你是吃竹子的，你看那塔尖儿上好像有一丛嫩竹，可以简单地填填肚子。"

熊乾肚子早已饿得咕咕咕咕地叫了起来。此刻，他抬头望了望宝塔的顶部，的确有一丛碧绿的丝竹正迎风摇摆。他饥饿难耐，看到熟悉的食物，浑身便来了劲。他在地上迅速地翻了一个滚，伸出两只宽大的熊掌，双脚一蹬便爬上了宝塔的第二层。

拉克勒似笑非笑地望着熊乾,心想这不过就是一只普通的吃竹子的动物而已,自己究竟还带不带他回三星堆呢?

熊乾三下两下就爬上了塔顶,他双手迫不及待地抓住丝竹往嘴里喂。他顾不得吃相了,原本在竹林的时候,熊乾还能够保持着吃竹子时的优雅,但此刻,肚子早已饥饿得忘记了一切,他竟然直接埋头横着啃噬丝竹。在竹海的时候,熊猫们都不吃竹根的,因为食物太充沛啦,所以他们就只掰开嫩竹,将竹子的主杆扔掉,仅吃竹子的嫩叶和嫩竹笋。

拉克勒心想:"看样子,他真的是饿慌了吧!干脆趁他饱餐美食的时候,自己也躺下来打个盹,休息一下,怪就怪眼前这只熊猫的一声大吼,把自己吼了醒来,打断了凌晨的美梦。"

拉克勒身子刚一躺下便打起了呼噜,声音响彻云霄。

第三章　三星堆地动山摇

熊乾也顾不上那么多了。他在宝塔上面大肆地啃咬着丝竹的根。突然，他一口咬下去，竟然将那丛丝竹连根拔起，宝塔顶部露出来一个黑漆漆的洞。他朝洞穴里面仔细看了看，里面竟然有一只漆黑的盒子。他感到十分好奇，赶紧伸手将盒子取了出来。

熊乾手拿盒子，举过头顶，翻来覆去地看。

突然，刚刚还晴好的天空布满了乌云，乌云遮蔽了太阳，整个天空突然间就黑暗了下来。乌云越聚越多，还在慢慢移动，慢慢地形成了一股股漩涡状的乌云，不停地汇聚，在宝塔的上空呈逆时针方向飞旋了起来。乌云越来越低，笼罩了塔尖，塔尖插进漩涡的中心，一股巨大的吸引力牢牢地将熊乾吸住。

宝塔开始摇晃，大地开始颤抖，发出震耳欲聋的巨响。熊乾死死地抓住木盒子，丝毫不敢放手。他用双脚死死地勾住宝塔的顶端，害怕一不小心就会跌下去，或是被吸进漩涡云。

拉克勒被巨大的响声震醒了，他抬头朝天空中看一眼，就吓得目瞪口呆了，只见天地之间，一股巨大的白色气流从熊乾的木盒子里面冒出来，带动周围的气流向天空中飞去，带动着周围刮起了狂风。大地摇晃得十分厉害,四周的大山开始断裂,发出"咔咔咔"的岩石撕裂的响声。天空中所有的飞禽正在拼命地逃离云层漩涡,大地上各种动物也都在拼命地奔逃,几条河流的河水也没有缘由地暴涨,漫过了河堤,洪水滚滚而来,冲毁了房屋天地。

"快放下!你究竟拿了什么?"拉克勒从地上弹跳了起来,一把抢过熊乾手中的木盒子。

熊乾吓懵了,只见那宝塔还在左右摇摆,他笨拙地抱着塔尖,像一个小孩儿一样在上面荡秋千,脸都吓白了。

天空中的巨大漩涡立即朝拉克勒猛扑了过来。漩涡像张开的血盆大口,就要一口将拉克勒吞下,拉克勒害怕了,拿着木盒不知如何是好。

他突然灵机一动,张开自己长得像正方形的大嘴,迅速将手中的木盒塞进嘴里,用牙齿死死地保护住。

拉克勒紧闭双唇,大地停止了颤抖,漩涡也停止了飞奔,先前那股从天而降的力量瞬间便消失了。

"小子,快下来!"拉克勒张嘴冲塔尖上的熊猫吼道。但他刚一张嘴,大地又开始摇晃,天空中的漩涡又开始飞旋起来。

拉克勒赶紧闭嘴。

熊乾也看到了这一幕,他立即从塔尖上溜了下来,跑到拉克勒身旁,冲他喊道:"千万别张嘴!千万别张嘴啊!"

拉克勒伸手在他面前比划着,问他究竟是怎么回事。熊乾转身指了指塔尖上的那个洞穴,说:"木盒就藏在洞穴里面,我啃掉了上面的竹子,木盒就露了出来。"

拉克勒立即抓起熊乾,哧溜一声,像一阵风一样消失得无影无踪。

巨目神拉克勒嘴里包着那个黑色木盒,双手举着一只笨重的大熊猫,快速地回到了三星堆。

全村的村民都惊慌失措地聚集在祭祀广场上面,大家都双手举过头顶,仰望着灰黑色的天空,双眼紧盯着巨大的漩涡,不停地祈祷和磕头祭天。又百思不得其解,刚刚阴云密布有着巨大漩涡的天空怎么会突然间变得晴好如初了?

巨目神举着熊乾轻轻地站立在祭祀广场的中央,一言不发地紧盯着天空。熊乾也抬头望天,此刻没有一个人关注到他的存在。

天空中四只巨大的飞鸟,都拖着长长的金光闪闪的五颜六色的尾巴,嘴巴里面都叼着一棵蓝莹莹的圆球,正在吸食着巨大的云层漩涡。漩涡云层呈顺时针方向旋转,四只神鸟成反时针方向飞旋。她们组成了一个巨大的飞盘,飞盘金光闪闪,四周发出巨大的光芒。云层不停地散去,神鸟飞快地吸食。

"好啦！这就是我的村庄，三星堆。"拉克勒对熊乾说。但他刚一张口，大地又开始晃动，云层也飞奔过来。熊乾赶紧伸手朝他示意，让他不要说话。

拉克勒赶紧闭上了嘴。

看见一位老者走了过来，拉克勒连忙下跪相拜，嘴里叽里咕噜地想表达什么意思。

老者率领几十名全副武装的卫兵，手持木剑，气势汹汹地朝拉克勒和熊乾走了过来。

"拉克勒，你小子又在搞什么鬼名堂？"老者怒气冲天地吼道。

拉克勒一脸的无奈，但又不敢开口解释，只得不停地指指熊乾，又不停地指指自己的嘴巴，然后双手在村长面前比划比划。

"你哑巴了吗？嘴巴里面究竟含着什么？"老者继续吼道。他要伸手去掰开巨目神的嘴。"我让你好好地待在博物馆里面，守护本村文明精髓，你却成天到处溜达。你是不是偷吃了什么才惹怒了宇宙之神？快给我吐出来！"

熊乾立即冲过去，伸出厚厚的熊掌，将老者死死地抱住。几十名卫兵立即围拢过来，将熊乾制伏，并五花大绑了起来。

回过头来,看见了熊乾,满是戒备地问:"你是谁?怎么到我们三星堆来的?"

熊乾说:"你又是谁?为什么不问青红皂白就要掰拉克勒的嘴?"

老者说:"我就是三星村的村长,也是这里的最高统治者,我问他他不开口,我就要弄个明白。"

熊乾吼道:"不怪拉克勒,是我闯了祸,将宝塔上的木盒拿了出来,才触怒了宇宙之神!给他找一个地下室,木盒不能见到太阳!"

卫兵们死死地摁住熊乾的头,但他依然在大声地吼叫。

村长玄无走到熊乾的面前,仔细打量了一番,觉得眼前的他似乎并无恶意,而且从他嘴里喊出来的话语判断,天空和大地的剧烈运动似乎就是巨目神嘴巴里那个东西惹的祸。

玄无问道:"你是谁?从哪里来?你和拉克勒究竟干了些什么事情?"

熊乾见眼前问他的这个老人,身材高大,容貌慈祥,语气坚定,不怒自威的神态,一下子就想起了自己的父亲。

熊乾回答他道:"我来自蜀南竹海,我们是大熊猫家族,祖祖辈辈都居住在竹林深处,对外面的世界一无所知。父亲让我出来见一见世面。今天感谢拉克勒大哥帮助了我。由于我很久没有吃到竹子了，拉克勒带我去了宝兴那座宝塔，我在塔尖上啃噬了一丛竹子，将竹子连根拔起后，发现里面有一个洞，洞里面有一个黑色的木盒，木盒子上面有一条白色的游动着的鱼。出于好奇，我就拿了出来，就发生了后面所有的事情：地动山摇，天旋地转。"

玄无听后，转身望着拉克勒。拉克勒点了点头。

熊乾继续说道："不关他的事，要惩罚就惩罚我吧！"

玄无下令给熊乾松了绑。他自言自语地问道："你嘴里的木盒子怎么处置呢？"

这时，天空中一直在不停飞旋的四只飞鸟轻飘飘地飞了过来。飞鸟们拖着五颜六色的尾巴，呈一字形挨个地落地站立。四只鸟儿的双脚刚一落地，瞬间便变化成了四个光彩照人的美女。

"爸爸，怎么惊动了你老人家啦？"四个美女围拢在玄无的身边，齐声问道。

熊乾眼睛睁得大大的，一脸惊喜的表情。因为，他长这么大了，还从来没有看见过这么漂亮的美女呢。

四个美女和父亲打过招呼，便集体转过头好奇地上下打量了熊乾一番。她们觉得眼前这个不速之客，身子长得极不协调，肉滚滚的，一双黑眼圈，仿佛熬了很久的夜，肯定又是一个小混混而已。

玄无对四个女儿喊道:"玄蒲,你和玄家玄菱带巨目神进地下密道,将他嘴里面的黑色木盒取出来,藏好。玄殊跟我来,我们一会儿也去地下室看看木盒子里面究竟是些什么东西。"

"诶,那我怎么办?我也要进地下室?"熊乾冲玄无吼道。

玄无将左手举过头顶,威严地在空中摇了一下,头也没有回就转身走了。所有的卫兵都跟随在玄无的身后进了一道金碧辉煌的大门。只有玄殊回头望了熊乾一眼,然后驻足未动,并朝熊乾招了招手,示意他也跟着自己进入另外一扇大门。

凌晨四点零三分,陈默家的窗户玻璃又剧烈地震动了起来。这一次的震级比上一次还大。两个孩子迅速裹上被子,朝床底下滚去。

陈默的妻子莉梅也被地震摇醒了。她慢腾腾地裹上被子,然后迷迷糊糊地滚下了床,继续在地板上睡了过去。

震动停止了,陈默从地板上爬了起来,重新躺在床上,问两个孩子:"今晚地震结束了,还讲不讲故事?"

"必须讲!"果果吼道。

"爸爸,是不是你在故意捣鬼,把那个黑色木盒子偷偷地取出来了?"女儿豆豆的思维还停留在爸爸的故事里面。

陈默吐出舌头,冲女儿扮了一个鬼脸,然后故意神秘地说:

"黑色木盒子就在咱们家里啊！"

两个孩子吓得一把掀起被子捂住了自己的头，然后在被子里面大喊大叫起来。

"你们究竟还睡不睡觉啊？半夜三更的闹麻了。"妈妈说完，倒头又睡了过去。

陈默轻轻地掀开两个孩子的被子，小声地给果果和豆豆说："好啦！今晚就讲到这里吧，明天晚上我继续给你们讲，现在开始睡觉啦。"

"好吧！爸爸，你说那个木盒子现在还在三星堆那个地下室里面没有啊？"豆豆问道。

"好啦，答案明天晚上揭晓吧，现在不准想了，安心睡觉。"陈默轻轻地抚摸着两个孩子的头，安静地等待着他们尽快入睡。

第四章　繁荣的三星堆

第二天早上，陈默驱车去了实验室，将昨天晚上的几次地震记录资料在电脑上进行了重新模拟计算，结果让他大吃一惊。他看了看打印出来的数据，腾地一下从椅子上站了起来，大声地喊道："糟了！糟了！糟了！还真的是在三星堆方向！赶快组织文物转移，不然就来不及啦！"

陈默一边朝助理喊道，一边搬上地球磁场记录仪，直奔地下车库而去。他要立即赶往市政府向主要领导汇报：一场大地磁场逆转即将发生，引发的具体原因究竟是什么，他也不知道。但作为全球地球物理磁场变化检测项目的科学家，他必须如实给领导汇报，以便让人类的损失能够降低到最小限度。

陈默从市长办公室走出来的时候，已经是下午三点半钟了。太阳四周出现了一层五颜六色的光环。陈默的脑子里面，那五颜六色的光环就像太阳神鸟四姊妹正在逆时针飞旋、翱翔，在努力地吸食着空气层中即将逆转的磁场。

"这一次毁灭，更加趋向于无形！"陈默自言自语道，"上一次三星堆文明的消失，至少还能够发现一些蛛丝马迹。"

助理余敏发动了越野汽车，陈默一言不发地坐在副驾驶的位置上,双眼紧闭。他正在苦苦地思索一个问题:咱们赖以生存的宇宙究竟还有没有未来?

汽车一路狂奔。余敏把车子驾驶得连她自己都感觉到双脚在发抖,但陈默却还在吼她再开快点儿!他要抢在第三世界 G50 元首会议联合公报正式发布之前,将这个十分不幸的消息告诉所有的参会领导。而此刻,这个会议正在中国的三星堆国际会议中心举行。

"地球磁场即将消失!或者南北极磁场即将逆转!未来,将会给地球带来不可估量的灾难。"陈默站在演讲台上,镇静地宣布了他的重大发现。

全场鸦雀无声,都默默地注视着陈默展示给大家看的 PPT 和动画演示报告。

余敏用焦急的目光盯着台上。她在笔记本上写写画画着什么,脑海里面正不停地思索着,当地球磁场真的消失了的那一天,人类世界又将会是一个什么样的惨象,自己的导师陈默教授还会不会像现在这样成为一个工作狂和对自己那么冷血呢?

余敏从南京天体物理学院硕士研究生毕业后,就考取了陈默教授的博士,同时她在地球磁场变化检测项目组里任陈默的助理。余敏年轻漂亮,智慧聪明,在学业上很有造诣,早在南京读研究生的时候,就已经在各种权威刊物上面发表了十几篇论文。准确地说在国际学术界,余敏和她的导师陈默齐名。

在亚洲,余敏和陈默被称为地球磁场研究领域里面的两颗启明星。但是,陈默有一个十分幸福完美的家庭,余敏却至今未婚,甚至连一次完整的恋爱都还没有谈过。

余敏今年32岁了,陈默偶尔也很替她着急。但她本人却似乎保持淡定,一心扑在科学研究上面。

陈默作完报告,全场寂静无声,台下所有的人都被他的结论震惊了,都在思考人类下一步究竟该怎么办。

南非总统梅母巴站起来提问:"陈默博士,请问你的地球磁场即将消失或者即将南北极逆转理论的可靠性在哪里?是什么原因才导致的?"

陈默从主持人手里接过话筒,镇静地回答道:"该理论的可靠性来源于我和我的导师对地球磁场变化的研究。虽然我不敢百分之百地得出准确结论,但科学是严谨的,哪怕只有百分之零点一会发生,我们都必须认真对待。第二个问题,至于地球磁场瞬间消失或者南北极磁场逆转由何种因素引起的,这个我还在继续追踪和研究之中,暂时不便于透露过多的细节。但在今天,我可以负责任地告诉各位第三世界国家的与会元首,造成地球危机的更直接原因,可能是最近几十年来的逆全球化思维造成的对地球资源掠夺性的破坏和毫无节制的军备竞赛。美、日、欧等国家的自私自利行为才是真正的罪魁祸首。"

"陈默博士,请您能否再讲明白点儿?"缅甸总统刘吉杨大声喊道。

陈默道:"准确地说,就是美国在太平洋、大西洋、印度洋三大洋的赤道线上同时修建了重质子太空武器基地,并同时向外太空发射功率超强的重质子光束,在赤道的上空形成了一道超强的扇形干扰隔离墙,阻断了地球磁场的南北极之间的相互交流、汇合,这样就严重地干扰了地球磁场的正常活动,地心受到了严重的损害,磁场带给地球表面层的地心引力也在发生不可逆转的改变。"

菲律宾总统阿基诺十二世接过话筒,追问道:"陈默博士,如果地球磁场真的消失了会有什么后果?如果仅仅只是南北极逆转了又会有什么后果呢?"

陈默说:"尊敬的阿基诺总统,至于有什么后果,我以科学的严谨态度告诉您:无法预估!"

"那我们就束手无策了吗?"坐在最后一排的塞班总统焦急地问道。他们是一个很小的岛国,一大半国土都已经消失在海平面以下了。

陈默揩了一下额头上面的汗珠，陷入了深深的沉思。他想，坐以待毙，静观其变，这些词语暂时说出来，也是苍白无力的。他没有回答塞班总统的问题，直接将话筒默默地递给了主持人，独自走下了演讲台，径直走出了三星堆会议中心的大门，一头钻进了越野汽车。

余敏驾驶着汽车，从后视镜里看了导师一眼，只见他满脸的倦容，昨晚一定没有睡好。她将汽车音响拧开，播放萨顶顶的《万物生》，好让导师在车上静静地休息一会儿。

"十二级地震震中在大熊猫基地，不在三星堆。"陈默小声地说道。

"老师，你怎么那么肯定呢？"余敏猛地一脚踩了刹车。她将汽车停靠在道路边上，打开了双闪灯。

陈默说道："刚才我在台上回答总统们的提问时，大脑里面就一直在思考昨晚的计算公式，我突然意识到这一次震中一定就在成都平原，盆地的北偏西南一点儿，但具体位置究竟在哪里？我脑海里面突然就想到了太阳神鸟出土的地方，她们究竟和三星堆巨目神出土的地方有何联系呢？"

余敏焦急地问道："有何联系？"

陈默摇了摇头："究竟有何联系，我也不知道啊！只有走一步瞧一步了吧。"

余敏问道："你不是经常告诉我,科学是严谨的,不能用那些模棱两可的语言来表述吗?"

余敏还在喋喋不休地说着话,陈默已经发出了匀称的鼾声。余敏从后座位上拿过一张薄毯,轻轻地盖在陈默的身上。她深情地望着陈默棱角分明的脸庞,一股少女般的冲动差点儿就驱使着她将火热的红唇凑过去亲吻陈默的额头。

星期五,陈默破天荒地没有加班就回到了家。妻子早已做好了一桌子香喷喷的饭菜,两个孩子听说爸爸回来了,也不在外面玩耍早早地回了家,一家人就像过年一样围坐在一起,开开心心地吃着晚饭。

"爸爸接着讲故事,那个巨目神嘴巴里面的木盒子放在哪里去了?"豆豆放下筷子就立即缠着陈默。

果果也追问道："我只关心熊乾哥哥的处境。"

陈默笑呵呵地说道："你们两个小鬼究竟想先听哪一个啊?"

"都想听!爸爸快讲嘛。"

陈默接过妻子沏好的一壶红茶,被两个孩子缠在沙发上面,继续着他的故事。孩子们听得津津有味。

陈默呷了一口茶,看着孩子们期待的眼神,很欣慰地笑了。

玄蒲、玄家和玄菱将巨目神领进三星堆，玄蒲用双手在一面铜镜上轻轻一按，只听见"嘎嘎嘎"几声响过后，一堵厚厚的墙壁缓缓地打开了，一扇金光闪闪的用黄金铸造的大门露了出来。玄家走到门前，从衣服口袋里面取出一颗蓝莹莹的宝石，轻轻地塞进大门中心的一个小孔里面，那扇厚厚的黄金之门又缓缓开启了，人们都走了进去。大约走了100米的样子，眼前又出现了一堵高墙，墙壁上面全部是各种狩猎的场景浮雕图。这时，玄菱走了过去，从身上取出一把镶嵌了各种宝石的短剑，她将短剑插入一个很不起眼的锁孔里面，大门慢慢向两边滑开。

众人在玄蒲的引领下，挨个走进大门，就有一个通道，通道一直通往地底下。阶梯的两旁是各种彩色图腾浮雕，浮雕墙上闪烁着一种绿莹莹的微光，指引着阶梯蜿蜒延伸的方向。

拉克勒一直紧闭着嘴唇，不敢轻易张开，跟随着玄氏姐妹一直穿行到了地下室最底部。玄蒲让所有的人都闭上眼睛，然后长袖一挥，所有的绿莹莹的微光全部熄灭，里面漆黑一片。等了有一分钟，另一面墙壁上亮起了一盏灯，房间里重新有了光明。

玄蒲这才对巨目神拉克勒说："张开嘴吧，把木盒取出来。"

拉克勒伸手从嘴巴里面小心地取出黑色木盒，双手恭恭敬敬地递给了玄蒲。

玄蒲手拿木盒，仔细看了看，发现上面有一条白色的游鱼。游鱼的下面有一行若隐若现的白色字迹。

玄氏姐妹们都是高贵的凤凰化身，妹妹玄家用嘴喷出一条粉红色的火焰，玄菱则喷出一条淡紫色火焰，两股火焰瞬间糅合在了一起，像两条滚动的丝带一样，跳跃在黑色木盒的上方。玄蒲则用她那能够洞穿一切的丹凤眼快速阅读了一遍木盒上面的那一行细密的天书。内容是这样的：天地混沌，此处乃宇宙之心，宝塔乃镇天之塔，第一个发现此木盒者方能拯救宇宙，并按照盒内秘籍闭关修炼九百九十九天。

玄蒲看了盒子上面的内容后，伸手在一口巨大的金色石棺上面轻轻一抚，石头盖子便慢慢地漂浮了起来，她将黑色木盒子小心地放了进去，然后再轻轻一抚，石头盖子便严严实实地盖上了。

"走，上去给父亲汇报！"玄蒲冲两个妹妹和巨目神喊道。

一行人原路返回地面，先是玄菱用镶嵌了各种宝石的短剑插入一个锁孔里面，第一道大门慢慢向两边滑开。走到黄金门前，玄家用那颗蓝莹莹的宝石轻轻地塞进大门中心的一个小孔里面，黄金之门缓缓开启，人们都走了出来。最后出来的玄蒲用头顶上的一根彩色羽毛在铜镜上面一抹，整堵墙壁便重新严严实实地合上了。然后，一行人径直去了玄无的房间。

熊乾站在大门外，被卫兵看守着，玄蒲停下来本想问他一点什么，思索了一下，还是径直走了。到了房间里，玄无正在和玄殊下棋，却手执黑子儿陷入了沉思，玄殊也不说话，静静地看着父亲，就是姐姐们进来，也只是瞟了一眼，什么话都不说。

玄蒲走过去，在玄无的耳畔说了几句悄悄话过后，玄无立即扔掉手中的棋子，冲身旁的卫兵们喊道："把那个大熊猫带进来！"

站在门外的卫士长赶忙把命令传了下去，不一会儿几个卫兵就将熊乾带了进来。

玄无问道："你究竟从哪里来？是干什么的？"

熊乾回答道："我从小居住在竹林里面，每天就只知道吃竹子，什么也不干。"

玄无又问道："你是怎么找到宝塔，并找到黑色木盒子的？"

熊乾被问懵了，他轻轻地挠了一下头，回答道："我从竹海出发，一路上走啊走啊，自己都不知道要往哪里去。终于有一天，我迷迷糊糊地就走到了一块巨大的长得像牛背一样的乌黑的石头上面，看见远处全部是云遮雾绕的云海，脚下是万丈深渊，我感到十分恐惧和绝望，于是我就发出了一声巨大的吼声，我想通过我的吼声能够让我的爸爸听到，叫爸爸带我回去。"

熊乾一边说，一边思念起整个熊猫家族来了。他神情低落、沮丧，眼泪都快要掉出来了。

"主人，是我听到了他的吼叫声，立即就赶了过去。我本来是带他去那座宝塔寻找竹子充饥的，没有想到他啃光了竹子后，连根拔起，就拿出了黑色木盒，这才惹来了一场惊天动地的变故。"站在旁边的拉克勒补充说道。

"是的，是的，拉克勒哥哥说得对。当时，他看我饿得不行了，知道我肯定很久没有吃到竹子了，便将我带了过去。"熊乾说道。

玄无听后，点了点头。他十分相信巨目神说的话，因为巨目神是三星堆的守护之神。千百年来，巨目神尽心尽责地日夜值守、巡逻，两只眼睛从来都没有闭上过，两只大耳朵也时刻保持着警惕，哪怕村子里面掉了一根针，他都会在第一时间冲过去捡起。

玄无挥了挥手，让巨目神和熊乾暂时退下，所有的卫兵也立即退出了大厅，只留下神鸟四姊妹。

玄无对四个女儿小声地说道："看来啊，这个熊乾还真不简单，他肯定是上天派来的宇宙保护神。我最近几天啦，一直有一种不好的预感，总感觉有什么大事情发生，但我又想不出来，在三星堆这样安全、文明、祥和的人类村庄里面究竟会发生些什么呢？"

神鸟四姊妹齐声说道："父亲，请不要担心，我们也是上天派来保护三星堆的呀，千百年来，三星堆还没有发生过什么大的灾难吧？"

玄无摇了摇头，深深地叹息道："女儿们啦，我有一种很强烈的预感，这一次三星堆肯定会有大事情发生。对浩渺的宇宙万物，咱们人类还没有参悟透彻，就如同我们面前的这一盘棋一样，我们对弈几千年了，又有谁把它悟透了的啊？黑和白，看似简单的两种颜色，我们又有谁将他们的奥秘读懂呢？今天我看见那只大熊猫的时候，脑海里面瞬间便闪过一丝念头：黑白，宇宙之源啊。"

玄殊补充了一句："是的，你看他浑身就只有两种颜色呀，黑和白，我和父亲参悟了好几千年了。"

玄无思索了一会儿，突然喃喃自语道："他来了，他终于来了，我们必须好好善待他。"

玄蒲问道："父亲，那接下来我们该怎么办呢？"

玄无说道："拉克勒继续在村子四周巡逻，做外围守护。你们四姊妹要轮流守护好密道入口。现在就由玄蒲带熊乾进入地下室去，让他打开黑色木盒，按照秘籍进行修炼。以后玄家和玄菱负责每天往地下室送食物，玄殊继续陪我研究下棋。"

玄殊说："父亲，我也想去看看。"玄无看了一眼玄殊，说："去吧。"

"遵命！"玄氏姐妹们齐声应答道。然后，簇拥着熊乾走出了父亲的房间。

到了门外，玄蒲走到熊乾面前，上下仔细打量了他一番，这才发现熊乾身材高大，虽然长得胖了点儿，但体格还是很健壮的，看上去性格也很直率，比起巨目神大哥的粗犷来说，熊乾更多了一些有涵养男人的味道。

玄蒲问熊乾："熊乾，你知不知道那个黑色木盒是什么东西呢？"

熊乾憨厚地摇了摇头："不知道。"

玄蒲说："你是宇宙之神，上天派你来守护地球文明的。"

熊乾挠了挠头，憨厚而害羞地笑了笑："开什么玩笑啊？我就是一只普普通通的大熊猫好不好？"

玄蒲一下子严肃了起来,她一字一句地说:"请记住,我说的话句句当真。以后,你就听我的了,不得违抗我的命令。"

熊乾见眼前这个漂亮女人当真了,连忙回答道:"是,是,是,我听你的就是啦。"他这还是第一次和这么漂亮的女人打交道,所以,内心里就免不了恐惧、彷徨和期冀并存。

玄蒲说:"从现在起,你就跟我进入地下室,打开那只黑色木盒,按照盒子里面的秘籍进行修炼!"

熊乾吃惊地问道:"修炼什么?"

玄蒲说:"至于修炼什么嘛,我现在也还不知道,木盒上面有交代,只允许第一个拿到木盒的人打开看。你现在就跟着我,我领你去打开木盒。"

熊乾的脸上露出了十分痛苦的神情。他想,修炼什么啊?为什么非要下到地下室里面去呢?

他问玄蒲:"下面好玩不呢?就我一个人在里面吗?"

玄蒲回头看了他一眼,没有回答他无聊的问题。她喊过卫兵,径直走到铜镜面前,取出一支彩色羽毛,在光滑的铜镜上面轻轻抚扫了一下,整堵巨大的石墙便缓缓地朝两边划开。这时,玄家和玄菱也走了进来,每人打开了一扇门,熊乾被大家簇拥着下到了地下室内。

玄蒲让其他的卫兵都走了出去,她让玄家、玄菱、玄殊走近，三姊妹嘴里立即喷出来红色、粉色和紫色的火焰，借着微弱的彩色火焰发出来的光亮，玄蒲打开石棺，从里面取出了那只黑色木盒交给熊乾。

玄蒲说："你自己打开看吧，父亲说盒子里面有很深奥的秘密，希望你能够参悟透。"

熊乾双手颤抖地接过那只黑色木盒，内心十分忐忑地环顾了一下站在身旁的玄蒲和不远处的玄家、玄菱、玄殊，在想："我这一次从竹林里面出来，一路跋山涉水，虽然历经了万千磨难，却还没有遇到像今天这样的场景。一个巨大的未知世界摆在了自己的面前，还不知道自己手中究竟拿的是什么。如果自己打开这个木盒，后果会是怎样呢？如果不打开这个木盒，后果又会是什么？肯定是不会有人来告诉有什么后果的。"

熊乾开始想念父亲了。他寻思："只有父亲才是智慧的，只有父亲才能够解开这个盒子里面的秘密。但是，此刻，父亲在哪里呢？熊猫家族在哪里呢？"

第五章　玄殊偷走木盒

熊乾的脑海里面一片空白，心乱如麻。

"快打开呀，你傻乎乎的想什么？"玄蒲十分不耐烦地冲他喊道。

这时，玄菱走到熊乾的面前，轻轻地拍了拍他的肩膀，温柔地对他说："熊乾，不要怕，有我们在，快打开吧！"

玄家也附和道："对的！你是宇宙之神！"

熊乾抬起头，十分紧张地看着玄氏姐妹。三姊妹嘴里面喷出来的火焰拧在一起，像三股炽烈的彩练当空飞舞，各自拖着长长的尾巴，缠绕在一起，形成一个滚动的火球，在黑色木盒子上面漂浮着，跳跃着。

这时，玄家、玄菱、玄殊三姊妹凌空飞翔了起来，瞬间便幻化成了三只漂亮的火凤凰，围绕着那团彩色的火焰呈逆时针方向飞舞。

熊乾看得眼花缭乱，但内心却涌起了一股强大而神圣的力量。他闭上眼睛，使出全力，一下子就将木盒拧开了。睁开眼睛一看，木盒子里面却空空如也，什么都没有，只有木盒子上面和底部有一副图案：一条黑色的游鱼，一条白色的游鱼。

什么都没有发生。熊乾手拿木盒呆滞地站在原地，一动也不动。玄蒲等四姊妹也看到了，她们停止了飞舞，轻飘飘地落在了地面上，快速地朝熊乾围拢了过来。

"怎么了？里面是什么？"玄蒲紧张地问道。

"什么都没有啊。"熊乾将空盒子递到四姊妹的面前，大家凑拢一看，里面只有一幅绘有一条黑色游鱼的图案。

就在所有的人都处在落寞失望之极的时候，只见玄殊突然一把抢过熊乾手中的木盒，抓过熊乾，用翎羽抵着熊乾的脖子说："放我出去。"

这一变故使所有的人都大吃一惊，玄蒲一下就呆住了。熊乾使出了吃奶的力气想要去夺回木盒，但玄殊来得太过突然了，大家都来不及去想她究竟想做什么。

玄殊又重复了一次："打开门，放我出去。"

"妹妹，不能胡来！快把木盒交回来！"惊醒过来的玄蒲大声地吼道。

"哈哈哈！借给我玩玩吧，我知道木盒里面的奥秘。"玄殊很得意地说。

"妹妹，木盒上面有交代，任何第二个人不能打开木盒，否则，会有大的灾难降临。"玄家和玄菱也焦急地朝妹妹喊道。

"哈哈哈！我和爹爹思索了上千年，今天终于找到了我内心想要的东西啦,我要做宇宙的主宰者!我要掌控整个宇宙!我要做那条白色的鱼儿。"玄殊回答道。

熊乾很害怕地说:"你去修炼吧,我不练了。"

玄蒲说:"不行,天意不可违反。妹妹,快放开他。"

玄殊很气急地说:"不行,快放我出去,否则我杀了他。"

玄蒲看玄殊很坚决,只好和玄家、玄菱依次打开了门。

玄殊放开熊乾拿着木盒,化成一只灰色的凤凰,瞬间便从尚未完全打开的门里面飞了出去,一直向西面的天空飞去。

玄蒲她们和熊乾赶忙追了出去,却被外面的变化吓呆了。

木盒重见天日了,瞬间,天空中的云层迅速聚集,重新纠结在了一起,形成了一个巨大的黑色漩涡。漩涡像一张张开的大嘴,朝三星堆猛扑了过来,用它那巨大的吸引力,疯狂地吞噬着地面上的房屋、高大的树木和各种生灵。

大地开始摇晃,地面上到处开始塌陷,整个村庄陷入一片混乱之中。

天空中开始电闪雷鸣,下起了倾盆大雨,岷江上游的滚滚洪水像一头发怒的苍龙,迅猛地吞噬着河堤两岸的村庄。

这时,在黑色漩涡的上面,出现了一艘巨大的太空战舰,战舰上面站着一个身材魁梧的外星人,在大声地狂笑道:"啊——啊——啊——!我寻找了几万年的东西终于出现了,就是那个木盒，赶快把那个黑色木盒子交出来吧，木盒是我的！木盒是我的！我才是这个宇宙的主宰者！哈哈哈。"

正在上面大吼大叫的外星人就是赫拉斯家族现任族长赫拉斯二百五十世，他们所在的萨尔瓦西多星球，距离地球200光年，可以说曾经是我们的友好邻居。但是，自从赫拉斯一百世发现了黑色木盒的秘密后，萨尔瓦西多星球上面的居民就不那么友好了。他们不停地采用各种残忍的手段，对地球发起过一轮又一轮的破坏和攻击，让地球经历了极寒和极暖冰火两重天的痛苦经历。而这一次，赫拉斯二百五十世乘坐在他的宇宙战舰上面一直默默地偷窥着地球上的一举一动。

黑色木盒因熊乾重见天日的那一天，赫拉斯二百五十世正在他的宇宙战舰上面寻欢作乐，突然，木盒上面的两条游鱼在他眼前一闪，他便立即率领他的宇宙军队迅猛地朝熊乾扑了过来，掀起了地动山摇、天昏地暗的能量。现在，木盒再一次出现，他岂能错过？于是不顾一切地朝玄殊飞走的方向追去。

第六章　地球磁场消失

"爸爸，我怕！赫拉斯是个什么样的怪物啊？"豆豆双手紧紧地抱着陈默的脖子，心里面既害怕又十分好奇地想听下去。

妻子莉梅冲陈默喊道："不要吓孩子，你自己成天像个疯子胡思乱想的，还要让孩子也胡思乱想吗？"

果果冲妈妈喊道："爸爸不是胡思乱想！我不怕！"

陈默冲妻子扮了个鬼脸，继续小声地讲。他说："那个赫拉斯二百五十世啊，身高20米，有一幢楼房那么高，他有十多条手臂，两条腿像盘根错节的树根。其实，赫拉斯就是一棵巨大枯树的树根变成的。他有9个头，每一个头上都长满了南瓜花。"

"哈哈哈，南瓜花？那赫拉斯多漂亮啊！"豆豆听说恶魔头上全部是南瓜花，也就不再害怕了。

陈默说："但是，孩子啊，有些外表长得很好看的人，内心却很凶残！他们很善于伪装自己。"

两个孩子十分不解地望着陈默。妻子也娇嗔地看了他一眼。

陈默说："赫拉斯二百五十世还有一个漂亮的妻子叫古尔丽，身材高挑，长得像长长的豇豆，豇豆的头顶上还开满了紫色的三角梅花朵。只是古尔丽的脾气比赫拉斯二百五十世还要古怪，她长了18条腿，每一条腿都十分凶残，腿尖上长满了毒刺，毒刺里面会分泌出毒液，只要一不小心被古尔丽的任何一条腿给缠住了，那就可惨啦。"

赫拉斯二百五十世和古尔丽夫妇率领着恶魔军团，像一阵旋风一样扫荡着四川盆地，朝玄殊追去。

玄殊手握木盒，一心想独自拥有。她一路向西，飞越了青藏高原，在珠穆朗玛峰顶找到一个洞穴，迅速钻了进去，然后转身张开大嘴，喷出一股蔚蓝色的火焰，让洞口的岩石熔化，将自己彻底封藏了起来。

玄殊在洞穴里面摸索了一阵，用她那蔚蓝色的凤眼环顾了一下四周，找到了一块表面十分光滑的汉白玉石块，独自端坐在上面。

玄殊口喷蔚蓝色火焰，将黑色木盒打开，认真地端详着木盒里面的那条白色游鱼。她屈膝而坐，口中默念咒语，放空心灵默想，让思想和游鱼进行交流。

白色游鱼接收到了从玄殊大脑里面发出来的<u>丝丝蔚蓝色思想</u>，开始渐渐苏醒了过来。游鱼张开大嘴，嘴里吐出一串串火红色的气泡，气泡在洞穴里面慢慢地漂浮。游鱼从木盒里面游了出来，在玄殊的眼前顺时针旋转，所有的气泡都奔向玄殊的太阳穴。气泡钻进太阳穴里面后，和玄殊的思想交织在了一起。然后，浸泡了玄殊思想的气泡，又从另一边的太阳穴钻了出来，径直飞向了木盒上面的那一条黑色的游鱼。

黑色游鱼眨巴着眼睛，打了一个喷嚏，慢慢地苏醒，复活了过来。黑色游鱼健壮刚猛，他像一阵黑色旋风一样地飘向空中，呈反时针方向去迎接白色游鱼。

玄殊盘膝而坐，双手平放在膝盖之上，掌心向上。

黑色游鱼嘴里也吐出来一长串橘黄色气泡，和火红色气泡融合在一起，所有的气泡都慢慢地被玄殊的掌心吸收。

气泡钻进悬殊的掌心，在她的血管里面快速地奔跑，一股股巨大的能量慢慢地向悬殊的丹田汇集，像一颗巨大的火球，在丹田处燃烧和滚动。

玄殊正在获得宇宙的能量。这是她千百年来和父亲玄无博弈围棋时悟出的道理。她始终认为，宇宙就是她的，她一定要寻找到宇宙之源，成为宇宙的主宰者。

赫拉斯二百五十世和古尔丽夫妇对玄殊穷追不舍。他们见玄殊一头钻进了珠峰顶上的一个洞穴里后，洞门封闭，再也找不到入口了。赫拉斯夫妇就发动恶魔大军，围绕着珠峰疯狂地旋转。他们卷起一阵阵巨浪，将珠峰上的积雪全部融化，雪水淹没了整个盆地。

赫拉斯二百五十世和古尔丽夫妇再也没有办法，他们急忙又旋转回到三星堆上空，发誓要将整个三星堆翻个底朝天。

玄蒲向父亲汇报了情况，说是妹妹抢走了黑色木盒。玄无后悔不已，他赶忙躲进了地下密室，招来巨目神拉克勒以及几个女儿。玄无问大家接下来该怎么办？那个黑色木盒里面究竟隐藏着什么秘密？

巨目神拉克勒说，他看见了玄殊抢过木盒，朝珠穆朗玛峰顶飞了过去。他问玄无，自己要不要去寻找玄殊躲藏的地方？

玄无摇了摇头说："暂时不，我知道我那女儿的脾气。都怪我把她宠坏了。"

玄蒲生气地说道："爸爸，你每次都是这样，妹妹给我们闯的祸还少吗？像她这样的坏习惯，如果再不好好地管教管教，以后还会给我们带来更多毁灭性打击的啊。"

拉克勒一直低着头，看着站在一旁正束手无策的熊乾。他想，上天是要让他来打开木盒子拯救宇宙的，那么，他就是宇宙之神了。他究竟能否拯救宇宙？他能否重新夺回那只黑色的木盒呢？

拉克勒对玄无说："主人，我看，还是让熊乾去找回木盒子吧！那个木盒本来就是他第一个发现的。既然是上天的旨意,我们又怎能去违抗呢?"

玄蒲和熊乾对望了一眼,点头说道:"父亲,我觉得拉克勒大哥说得对,还是让熊乾去吧,我相信他一定能够将木盒找回来的。"

玄无思索了一阵,看了看笨重的熊乾,说道:"小子,你去吧!我们都相信你有那个能力将黑色木盒找回来的,拯救宇宙,保护地球,拯救地球上的所有生命。"

熊乾这一次再也没有拒绝,他环顾了一下四周,发现所有的人都在用期待的目光紧盯着自己。

熊乾在拉克勒的保护下,悄悄地从地下密室里爬了出来。看到三星堆所有的建筑都遭到了严重的破坏,巨大的树木被黑色漩涡连根拔起,山洪倾泻,像恶龙一样席卷了整个村庄。天空暗无天日,赫拉斯二百五十世和古尔丽夫妇还在疯狂地发泄着内心的不满。虽然他们找不到木盒,行为上有所收敛了,但是三星堆早已是面目全非了。

拉克勒抱着熊乾,在倾泻的滚滚洪流中艰难地行走着。他们爬上了一座山头,放眼望去,整个盆地几乎全部被洪水灌满,水面上到处漂浮着各种动物的死尸。

"该死的赫拉斯二百五十世和古尔丽夫妇,看我以后怎么来收拾你们!"拉克勒咬牙切齿地骂道。

拉克勒朝西边的天空看了看，然后转过身来，对熊乾说道："兄弟，你闭上眼睛，我带你去那座雪山之巅，然后你就自己去寻找木盒子吧！"

熊乾闭上眼睛，拉克勒双手抓住熊乾的两只臂膀，嗖地一声，拉克勒和熊乾便飞了起来，像一阵旋风一样飞上了珠穆朗玛峰之巅。

拉克勒放下熊乾，两个人站在光秃秃的山顶。珠穆朗玛峰上已经没有了积雪，全部是光秃秃的裸露出来的岩石，所有的千年积雪早已被赫拉斯二百五十世和古尔丽夫妇给吹光了。

赫拉斯二百五十世和古尔丽夫妇还将萨尔瓦西多星球上的人造太阳器发射了过来，距离珠穆朗玛峰大约只有几百公里的样子。他们想用炽热的太阳的火焰将整座珠穆朗玛峰烤焦，然后将整座大山彻底融化。

赫拉斯二百五十世和古尔丽夫妇想用这种十分残酷的手段逼迫玄殊从岩洞里面主动出来投降，并将黑色木盒子乖乖地交给他们。

拉克勒实在是受不了了，他大汗淋漓，痛苦难耐。熊乾也热得扛不住了，正大口地喘着粗气。

熊乾对拉克勒说："你回去吧，别管我了！我自己去寻找木盒。"

"好吧！如果有什么危险，你就叫我。我必须得回去保护好三星堆才是。"拉克勒交代了几句过后，便径直朝山下奔去，身后竟然掀起了一阵火苗。

熊乾环顾四周，珠穆朗玛峰上到处光秃秃的，黑色木盒消失得无影无踪。他开始着急了起来。突然，父亲熊空独自博弈的场景浮现在了他的眼前。他想："父亲也喜欢琢磨围棋，玄无和玄殊父女俩也喜欢研究围棋。只不过，父亲总是一个人在竹林深处一边喝茶一边独弈，而玄无和女儿则喜欢对弈，这二者之间会有什么奥妙呢？难道父亲也一直在琢磨什么吗？"

熊乾仰望着苍穹，天空中乌云压顶，仿佛世界末日来临。

他回想起父亲曾经说过："空，就是有。有，就是空。"他的脑海里面又回想起了木盒上面那两条鱼，一黑一白，而大熊猫家族也是黑白分明的群体，尤其是自己身上的几个黑圆圈多像父亲独弈时的那些黑棋子儿啊。

"难道，我就是那两条鱼的化身？"熊乾自言自语道。他开始慢慢地理性思考了起来，索性找了一块巨石，在上面盘腿而坐了下来。

他闭上了眼睛，双掌平放在膝盖上面，心里面开始静静地回想自己从木盒里面看到的那条黑色的游鱼。他本想打个盹的，可心念瞬间便开始聚集，像一束闪电一样划破了阴霾的天空，天空中的云层顿时像煮沸腾了的开水一样，不停地翻滚了起来。熊乾睁开眼睛，只见眼前突然出现两条巨大的鱼，一黑一白，头相向而行，在他的眼前不停地追逐，飞旋。鱼儿的嘴里不停地吐出彩色的气泡，气泡像一串串珍珠一样钻进了熊乾的大脑里面。

一股股巨大的能量在熊乾的丹田处汇集。他感到整个肉体在不停地膨胀，浑身的肌肉正在渐渐地收紧，骨骼也在咔咔咔地变得越来越坚固。

熊乾身上的黑色圆圈也在游走，相互碰撞，相互释放着巨大的能量。他开始长高，整个身子变得十分的健壮。

黑白游鱼吐出的彩色气泡越来越多，越来越大，熊乾体内聚集的能量也在逐渐地左冲右突，仿佛要撞破肉皮，直冲云霄。他难受死了，但又无法立即摆脱游鱼吐出的气泡的纠缠。他大吼一声，地动山摇，整座珠穆朗玛峰自上而下地轰然倒塌，盆地四周的山脉像受到了巨大能量的扰动，不断地向下沉，盆地中间突然撕裂开来，然后又突然聚拢，高耸，形成了两条自南而北和自东而西的山脉，像一个巨大的十字架一样矗立在四川盆地的中央。

熊乾的这一声大吼，让珠穆朗玛峰从峰顶裂开，无数的巨石簌簌地滚下。玄殊修炼的山洞也裂开了，玄殊从一堆乱石头里面爬了出来。看得出她很疲惫，很累，精疲力竭，伤痕累累，先前被她吸入体内的巨大能量，这时全部被熊乾给吸收了。

熊乾涅槃重生，由先前的一只肉乎乎的大熊猫，变成了一个身材魁梧英俊伟岸的勇猛男人。

第七章　熊猫基地发生强震

"爸爸，熊乾哥哥是不是变成了熊猫大侠啦？"豆豆忍不住问道。

陈默摇了摇头说："还早呢，他只是刚刚变成了一个身材高大的男人而已，还需要修炼啊。"

果果追问道："爸爸，熊乾要修炼多久啊？"

陈默摸了摸儿子的头说："爸爸讲过的不记得啦？那个木盒子上说他必须修炼九百九十九年吧。"

"那么久啊？"豆豆叹息道。

陈默笑着说："仙界百年，人间一年。"

陈默站起来喝了一大口茶，然后抬腕看了看时间，然后继续着他的故事。

熊乾走到玄殊跟前，抱起她就往三星堆方向奔跑了起来。

玄殊一只手下垂着，另一只手还紧紧地抓着黑色木盒。

这时，赫拉斯二百五十世和古尔丽夫妇也看见了玄殊手中的木盒子，他们俩率领着恶魔军团快速地奔袭了过来。

拉克勒双目凸起，早就将万里之遥所发生的一切都看在眼里了。他在水面上狂奔了起来。

巨目神要赶在赫拉斯二百五十世和古尔丽夫妇之前帮助

熊乾和玄殊回到三星堆的秘密地下室内,那样大家才能够安全地躲过一劫。

赫拉斯二百五十世和古尔丽居高临下,在天空中卷起狂暴旋风,疯狂地撕扯着巨目神拉克勒的后背。拉克勒迈着艰难的步伐前行着。

这时候,玄无站在三星堆祭祀广场上,双手朝上,口中念念有词,他正在祈求宇宙给他无穷的力量。

只见玄无突然张开双臂,手臂上慢慢地长出一片片彩色的羽毛,接下来是背上和胸脯上也长出了五颜六色的羽毛。玄无的两只手掌突然在半空中一只向左,另一只向右,画了两个半弧形的圆环过后,两只手掌就变成了锋利的利爪。

"啊!玄无是一只老鹰吗?"豆豆兴奋地喊道。

是的,玄无爷爷是一只雄鹰,他来自珠穆朗玛峰顶上,在三星堆已经生活了几千年。他生了四个女儿,就是玄蒲、玄家、玄菱和玄殊。玄无的妻子是一只火烈鸟,所以,他们生下的四个女儿便成了火凤凰了。

豆豆好奇地问道:"爸爸,那她们的妈妈在哪儿呢?"

陈默笑着说道,她们的妈妈也是被恶魔古尔丽给毒害死了的,玄无终于要为妻子报仇了。

玄无化身为一只雄鹰,带领着三个女儿玄蒲、玄家和玄菱一起朝熊乾飞奔了过去。

一场大战在太空中打了起来。熊乾一只手紧紧地抱着玄殊，另一只手从玄殊手中抓过盒子，使劲地往拉克勒跑来的方向扔了过去，他知道拉克勒有千里眼的功能，更是嘴大，在任何危急的情况下，拉克勒从来都还没有失手过。

拉克勒见半空中飞来了一个小黑点儿，便下意识地张开大嘴，黑色木盒子嗖地一声就飞进了他巨大的嘴里。赫拉斯二百五十世和古尔丽夫妇将拉克勒死死地抱住，不停地在他的脸上和嘴巴上撕扯。古尔丽张开她的十几条带有剧毒的手臂死死地缠住了拉克勒。

玄无和三个女儿也看见木盒飞进了拉克勒的嘴里，看见拉克勒有难，就一齐前去解救。

玄元张开尖利如钢铁般的鹰喙径直朝古尔丽的双眼啄了进去。他的两只锋利的利爪深深地扎进了古尔丽的胸膛。玄无叼着古尔丽，在天空中猛烈地厮打。玄蒲、玄家和玄菱三姊妹各自从嘴里喷出彩色火焰，呈逆时针飞旋，将赫拉斯二百五十世团团围住。

拉克勒甩掉了古尔丽的纠缠，双手拉过熊乾和玄殊，像一道闪电一样奔向了三星堆密室。

玄蒲、玄家和玄菱三姊妹且战且退，她们都慢慢地退回到三星堆密室门口。玄蒲打开了密室厚厚的墙壁，大家鱼贯而入后，玄蒲便立即关闭了第一道大门。接下来，玄家打开了第二道密室的大门，大家又鱼贯而入，最后是玄菱打开了最后一扇门。大家都进入过后，才算松了一口气。

熊乾将奄奄一息的玄殊放在一张光滑的石头床上面，玄蒲、玄家和玄菱三姊妹立即围拢了过来。她们张开嘴巴，围成一个圆圈，从各自的嘴里面吹出来一颗圆球，三颗圆球在玄殊的头顶上不停地飞旋，渐渐地融合，然后慢慢地停留在玄殊的丹田上面。

玄殊吸收了圆球的能量过后，渐渐地苏醒了过来。她睁开双眼，一对水汪汪的凤眼环视着四周。

熊乾一直站在她的面前，看见她终于活了过来，一颗悬在半空中的心也渐渐踏实了下来。

这时，拉克勒说："还是熊乾留下来照顾玄殊吧！咱们赶快出去救玄无。"

拉克勒领着玄氏三姊妹快速地冲出了密室，直奔玄无和古尔丽夫妇战斗的方向而去了。

陈默在沙发上讲着讲着就睡着了。两个孩子正听得津津有味的，他们见爸爸睡着了，便吐了吐舌头，朝妈妈扮了个鬼脸，便轻手轻脚地从沙发上爬了下来，然后都悄悄地钻进了卧室。

妻子莉梅从卧室里面拿了一条毛毯出来，轻轻地盖在陈默的身上。

凌晨两点，陈默的手机响了，是市长打过来的，他要求陈默马上赶到市政厅商议重要事情。

陈默赶忙给余敏打电话，没想到余敏还没有休息，接到电话就赶紧开车过来接导师。

陈默这才拿过公文包，掏出来一张白纸，在白纸上面匆匆地写了一段文字：亲，地球磁场即将消失或者逆转，人类正面临着太多的不可预测性。我必须马上赶到市政厅，商议何时发布公告让市民大转移的事情。情况紧急，保护好咱们的孩子！

陈默写完，将字条压在书桌上，便匆忙地出了门。余敏已经等在楼下，看见陈默出来，就将汽车启动。

余敏看了看陈默，一颗火热的心正加速地跳跃着，她脸上划过一片红晕。余敏心里很坦然，知道这个时候也只有自己才可以一刻都不少地守护在导师的身旁，分分秒秒都能够看到他。只有那样，她那颗跳动着的不安分的心才能够感到满足和充实。

余敏一边开车一边递给陈默一杯刚刚冲泡好了的热牛奶。

她没有多少言语，只有行动。余敏一直就以女人特有的细心和耐心关爱着陈默的生活，有时就像一个母亲对孩子那样心甘情愿地为陈默牺牲着一切。

陈默和余敏走进了市政厅大楼，里面早已是灯火辉煌。来自各大局的主要负责人和科研院所的专家教授们，都安安静静地坐在大会议室里面，神色肃穆，安静地面对着可能发生的任何事情。

见陈默走进了会议室，牛市长站了起来，径直向台上走了上去。牛市长说："同志们，半夜把你们喊来，有一项重要的任务要马上去做！今天下午，陈默教授和他的项目组给我递交了一份报告，说地球磁场即将消失，或者可能逆转，整个盆地将有一场烈度12度以上的特大地震，震中或许就在大熊猫基地和三星堆之间。我们必须立即回去发动所有干部群众进行历史上最大规模的避震转移！下面就请陈默博士上台给大家讲讲如何躲避此次特大灾难！"

陈默迈着稳健的脚步，信心十足地走上了主席台。他说："同志们，早上好！我和我项目组全体科学家经过研究，得出一个结论：地球磁场正在缓慢地消失！理由是：我们通过各种检测，发现来自太平洋、大西洋和印度洋赤道上空的重质子电离层越来越强大了，正在严重地阻断地球两极磁场的相互交流。从昨天下午开始，在赤道的上空，我们实验室再也无法捕获到地球磁场的信息了。那么，为什么呢？近50年来，以美国为首的发达国家出现了一种逆全球化思想。这种思想主要倡导民粹主义，自私自利，保护自己民族的利益，而不顾及全球乃至宇宙环境的承载能力。他们现在各自为政，摒弃了过去上百年来所倡导的全球化发展思维。"

"逆全球化思维，十分可怕！现在的人类和过去几百年的人类生活早已经不同了。今天，人类的欲望早已经膨胀到了一个十分可怕的程度，犹如滚滚洪流，再也无法阻挡得住了。同样，今天的科学技术也严重偏离了科学要服务于人类的正确轨道。同志们啊，美国在赤道线上空建立起来的太空武器指挥基地，正在一步一步地破坏着整个宇宙的秩序和运行规则，正在吞噬着人类千百年来创造的辉煌文明。俄罗斯和加拿大也在疯狂地抢占北极地盘。澳大利亚、阿根廷、日本等几十个国家也在加紧占领南极大陆。南北两极遭到了人类疯狂的践踏和破坏，地球磁场的消失和逆转，就是一个铁证！那么，我们自己的国家呢？我们一直在倡导和平开发宇宙，合理开发外太空资源。我们制定了一系列的游戏规则，但是，仅仅依靠我们一国的力量能够阻止其他国家吗？本周在三星堆召开的第三世界国家元首会议，尽管签署了一份联合公报，但是还是有那么几个国家在左右摇摆！还在全球化和逆全球化之间选边站队！所以，今天，我们每一个人必须清醒过来，必须警惕，必须阻止美国的我行我素！只有这样，人类才会有明天！"

余敏端了一杯温水走了上去，递给了陈默。

"这一次地球磁场消失，大约会持续两个小时以上。所以，在这两个小时内，宇宙究竟会发生什么，地球上究竟会发生什么，我们也不知道。或许，大地震、大暴雪、大冰雹、大火山，都有可能发生！还或许，月球突然撞向地球，地球不规则翻滚。同志们啊，人类真的遇到了太多的未知了！"

"陈教授，那我们究竟该怎么办啊？"台下地震局局长站起来问道。

陈默回答道："怎么办？度过了眼前的危机再说吧！大家抓紧回去，挨家挨户地通知，分三个方向疏散出城。将通往绵阳方向的高铁停掉，调集所有的运输力量，海陆空全部动用起来，要将市区三千万居民疏散到西安、武汉、贵阳三个方向。"

"博士，有必要全部都疏散吗？全川一共有七千多万人口啊！"交通局长十分不解地站了起来。

"有必要，非常有必要！而且，还要调集所有的力量，不放过一个老弱病残孕，其余地区的人口，就地疏散，合理安排！这一次啊，我预计成都将会消失，盆地将会撕裂，四周的山脉可能会坍塌，甚至珠穆朗玛峰都可能被夷为平地，整个亚洲大陆板块可能会撕扯成三块大陆，印度半岛断裂成为一个孤独的岛屿，俄罗斯会变成一片汪洋。"陈默用动画开始演示着。

台下所有的人都惊呆了。

动画演示完毕，陈默看了看坐在一旁的市长，平静地说道："牛市长，请求上级下令吧，立即泄空三峡库区里面的水！一滴也不要留！"

牛市长点了点头，拿起卫星电话，十分镇静地走了出去。

一种令人窒息的恐惧突然袭来，会议室里所有的人都打了一个寒颤，只有余敏的内心深处依然还点燃着一团烈火。她期待着大战尽快来临，她才有更多的时间，时刻守护在陈默的身边。她深爱着陈默，爱得痛彻心扉，即使宇宙毁灭，对于此刻的她来说，都已经不重要了。

余敏也是研究宇宙物理的顶尖科学家了，此刻，她十分清楚人类即将发生的一切。但被爱情烧得发烫的女人，即使用长征7号火箭也无法将她拉回到正常的轨道上来。

会议结束了。所有的人都急匆匆地走出了市政大厅。

余敏将越野车开了过来，陈默微笑着上了车，汽车迎着晨曦奔跑着，径直朝实验室开去。

余敏微笑着问道："还需要回家吗？和你漂亮的妻子和两个孩子再说点温存的话？"因为，她知道，她和陈默不一样，她只身一人无牵无挂，陈默有一个幸福的家。尽管任何幸福在大自然的灾难面前都是无用的，但是也不至于是大限来时各自飞。虽然陈默不是自私自利的人。

"算了，没有时间了，咱们是在和几千万生命赛跑啊！"陈默摇了摇头回答道。他陷入了沉思。

"几千万生命？你不是反对逆全球化思维吗？那么，印度、巴基斯坦、东南亚国家、中亚所有国家的人民该怎么办啊？"余敏故意给导师出了一道难题。她虽然喜欢陈默，但却思想独立，有着自己独特的见解。

余敏认为陈默的思想深处也存在着伪君子的成分，不过，这种怪异的想法也仅仅是灵光一闪，并没有阻断她死心塌地地去爱一个男人。

陈默走进了实验室，他拿上笔记本电脑和一些必要的记录仪器，扔进车上，然后就站在车旁，回头深情地凝望了一下身边这座他奉献了毕生心血的实验室。

余敏在里面脱掉了紫色连衣裙，换了一身干净的洗得发白的牛仔服,简单地打扮了一番过后,也拿上笔记本电脑和几台记录仪器便走了出来。

余敏噙着泪走到车旁,她将手里面的东西扔进汽车后备箱后,走到陈默的身旁,深情地凝视着身后的实验室,思绪万千。这里有她的梦想,有她的希望,也有她少女情窦盛开的土壤。她不由分说,飞快地踮起脚跟,一把搂住了陈默的脖子,将火热的双唇紧紧地贴在了他的嘴上。

这一次,陈默没有回避。他知道,即使宇宙马上就要毁灭也已经阻挡不住余敏的炽热了,爱情的力量其实就像地核内部滚烫的岩浆一样就要喷薄而出,与其想尽各种办法去压抑,倒不如给她修建一个渠道,让她压抑太久的情感能够顺势倾泻出来。

"默,我爱你。"余敏泪流满面,她狂热地亲吻着他。

陈默也伸出了双手,紧紧地搂抱着余敏。他浑身颤抖,他在尽情地享受着余敏带来的肉体上温暖的同时,脑海里面却时刻浮现出了爱妻和两个孩子的笑脸。

"科学家都是怪物!"陈默一边接受着余敏的亲吻和爱抚,却一边在嘲笑着自己。此刻,他的脑海里面却在思索着如何将所有的大熊猫安全撤离。

第八章　地下密室修炼

天亮了，成都像往常一样，又迎来了一个蓝天，太阳从东方冉冉升起，像金子一样洒落在城市的每一个角落，大街小巷，到处都是匆匆而过的行人，仿佛什么都没有发生过似的，公园和小区的广场上，仍然有很多跳坝坝舞的老人。

唯一有点异样的则是，街道上开来了一队队军警，喊着口号，朝不同的方向跑去。

陈默和余敏将汽车开进了大熊猫基地，工作人员一大早就接到了立即转移的通知，他们也知道了本次地震的震中就在这里。

陈默和余敏开始从汽车上搬下电脑和检测设备。陈默蹲在地上打开电脑，余敏则爬上了车顶，将天线架了上去。两个人像是什么都没有发生过似的，继续像过去那样十分默契地开展着工作。

陈默边浏览着电脑上的资料，边和余敏开玩笑说："你能猜到哪一只大熊猫能够拯救人类？"

余敏不假思索地回答道："当然是陈默啦！"

陈默哈哈大笑了起来，他摇了摇头，意味深长地说道："拯救人类的那只大熊猫还没有出世呢！"

余敏停下了手中的工作，双手抱在胸前，十分钦佩地望着自己的导师。她想，眼前的这个男人还真的像一个国宝级的动物，自己一定要好好地保护他。

基地内最后一只大熊猫用军用直升机接走了。工作人员也乘坐汽车悄然地离开了，只留下陈默和余敏还静静地守候在一大堆检测仪器前面。

"这是大灾来临之前的平静！"陈默看着仪器上一动不动的指针对余敏说。

余敏走过来，挨着他坐下，将头倚靠在陈默的肩膀上，像一个清纯的小孩儿一样仰望着陈默。

陈默轻轻地抚摸着余敏的秀发，两只眼睛遥望着远方。

突然，天空中飘过一团橘黄色的云，遮住了火红的太阳。"快看，地震云出现了，那是地底下散发出来的电离子。"陈默指了指天空。

"仪器在动，90，100，150，200，上升得好快啊！"余敏激动地站了起来，这是他们二人花了毕生心血研究地球物理变化以来，第一次身处地球物理变化的中心。在她看来，这一刻是神圣的，是伟大的，尤其和最最心爱的人在一起共同经历生与死。

"为科学献身是值得的。"陈默在脑海里面闪过一丝念头。

一声沉闷的声音从地底下传来，像天空中划过的闷雷。陈默感觉到大地在震颤、发抖。汽车顶上的天线也上下抖动了起来，电脑在地上跳舞，地上的泥土变得十分柔软，瞬间便升起了薄薄的一层烟雾，漂浮在空中。眼前的大片森林，像钢琴的琴键一样，上下蹦跳起来。

余敏站了起来，将柔软的身体紧紧地依偎在陈默的怀里。她知道，他们俩的脚下就是震中，地底下传来的怒吼声正在一步一步地朝他们靠近。她不怕，她看出来他的内心世界也是很坦然的。

她想，科学的魅力其实就是无私的奉献！

陈默将余敏抱得更紧了。

他拨通了市长的卫星电话，告诉他自己所在的位置，报告地球磁场消失后的检测数据。

"陈默，你和余敏必须马上撤离震中！这是命令！"牛市长在卫星电话里面大声地吼道。

"不，我要收集到震中的第一手数据！"陈默十分平静地回答道。

牛市长说："教授，你真的是疯了吗？在巨大的破坏力面前，所有的数据都是苍白的、无用的，赶快撤离吧！我安排直升机过来！"

陈默大声地笑道:"哈哈哈,不要过来啦!获取第一手数据,就是科学家的使命!我正在将数据上传到云计算器上面。未来,人类都可以在云盘上面共享!市长,再见!成都,再见!"

牛市长沉静了一会儿,在卫星电话那头叹了一口气,小声地问道:"教授,我们要怎么才能够恢复地球磁场?"

"哈哈哈哈,只有启动我国的月球武装基地,彻底打掉美国在赤道线上的三个重质子基地才能恢复磁场。但是,已经晚了!"陈默不假思索地说道。他挂断了电话。

汽车开始左右摇摆了起来,天空中一片漆黑,伸手不见五指,一道道犀利的闪电划破黑暗。

他们俩紧紧地拥抱在一起,两个人闭上眼睛,就像跳蹦极一样上下弹跳着。

陈默想:这一切,就将结束啦。好在自己的生命,在最后的时刻还能够自由地跳舞。他和余敏的灵魂就像地底下奔涌而出的熔岩一样,不停地在融化、汇聚,纠缠在了一起。

天空中厚厚的云层不停地翻滚着,旋转着,形成了一个又一个巨大的乌黑色的云层漩涡。漩涡在他们的头顶上盘旋,像一个张开巨嘴的怪物,要将他们吞没。

"人类在大自然面前只能束手无策!"陈默冲余敏大声地

喊道。

"是的,这就是对一切欲望的惩罚!"余敏不停地亲吻着陈默。

强烈的地震来了,所有的仪器指示针都停止了工作,所有的数据都消失了。陈默和余敏的苦心努力全部都化为了泡影。一道红红的闪电从头顶上划过,黑色的漩涡中间被闪电撕开了一道口子,陈默抬头看了一眼,那道口子的上面出现了一个巨大的金色的圆盘,圆盘上面是太阳神鸟逆时针飞翔的标志,圆盘的四周发出紫色的光芒。

不停旋转的金色圆盘四周发出紫色的光芒就像撒下来一张巨网,将陈默和余敏网住。地底下轰隆隆几声响过,陈默便什么也不知道了,余敏也失去了知觉。

十二级强震发生了。整个盆地高高地隆起,自北向南形成了一座巨大的山脉,自东向西也隆起了一座山脉,像一个巨大的十字架横亘在大地上面,曾经高耸入云的珠穆朗玛峰也消失了,被夷为平地,变成了一片汪洋大海,太平洋里面蔚蓝色的海水正在向陆地倒灌。

当陈默苏醒过来的时候,他已经躺在了上海的一家医院里面。此刻的上海正坐落在高山之巅,成了地球上海拔最高的城市,全世界的救援直升机正在忙忙碌碌地运送着伤员,每一个国家都在上海建立了临时救援中心。

看到他苏醒了过来,主治医生非常高兴,走过来激动地握住他的手,说:"教授,你昏迷了三个多月,终于醒过来啦!"

陈默有些茫然地看着陌生的主治医生,问道:"这是哪里?外面的情况怎么样了?余敏呢?我的妻子和孩子们呢?"

医生思索了一会儿,然后对他说:"这是上海人民医院,你的家人都很安全,余博士也在这个医院,她失去了一只手臂,正在医治之中。"

陈默吃惊地坐了起来,但脖子却不能动弹。他追问道:"医生,她为什么失去了一只手臂?"

医生摇了摇头回答道:"部队救起你们俩的那一瞬间,强烈的地震波将太阳神鸟搜救器抛出了几百米远,虽然余敏晕厥了过去,但她的手死死地抓着你的臂膀,送到我这里来的时候,她的那一只手已经失去了继续保留的意义,所以,我们就只好紧急处治了。"

陈默激动地吼道:"所以,你们就直接砍掉了?"

医生有些歉意地点了点头,小声地回答道:"教授,有得必有失吧!你们获得了生命,失去了一条手臂又何必那么在乎了呢?况且你可能也要从此失去一些自由了。"

陈默不解地问道:"我会失去什么自由?"

医生小声地说道:"你得在轮椅上度过你的余生。"

陈默这才感觉到自己似乎少了什么,掀开白色的被单,看了看自己已经消失了的双腿,心里不由一阵伤感。

听说陈默醒了过来,牛市长打来电话表达了慰问之情,吩咐安心养伤,好好休整。

陈默没有多少表情地嗯了几声,就挂断了电话。

良久,才长长地叹了口气。他用一个科学家十分严谨的眼神望着医生,点了点头。主治医生没有回避他的眼神,而是更加坚定地向他点了点头,告诉他这就是现实的残酷,必须得接受。

"我告诉你一组数据吧,其实,这次地震已经死了一百五十万人,失踪了两百万,这还只是我国的统计数据,欧洲有一半人还没有找到,俄罗斯彻底变成了一片汪洋,中美洲国家全部消失了,相比起别的国家的死亡人数,我们的损失才是最小的。你和余敏的功劳可不小啊!"医生十分平静地说道。

陈默急切地问道:"那么,我的家人呢?他们都平安吗?"

"都平安,你的妻子在北京协和医院,儿子和女儿就在你的隔壁。"

陈默闭上眼睛,头重重地落在枕头上,脸上立即拂过一丝幸福的微笑。

但不到一秒钟,陈默脸上的笑就僵化了。然后,他的脸上又飘过一片十分羞愧的红云,在大地震来临的时候自己只想到收集数据而不顾妻子儿女,还和余敏那样,是不是太自私了呢?

不过又很快释然了,毕竟自己拯救了更多的人。

听说陈默醒了,果果和豆豆蹦蹦跳跳地跑进了病房。

"爸爸,我们终于见到你了,你还好吧?"豆豆紧紧地搂着陈默的脖子问道。

陈默伸手将两个孩子紧紧地搂抱在怀里,高兴地说道:"爸爸可勇敢啦!是太阳神鸟四姐妹将爸爸救了起来!"

果果高兴地大声说道:"爸爸,快给我们讲一讲你的历险经历!是不是熊乾哥哥修炼成功了?"

豆豆也追问道:"那些大熊猫都转移到哪儿去了啊?熊乾哥哥是不是也回来了?"

陈默高兴地点了点头,对两个孩子说道:"回来啦!熊乾还在修炼呢。"

果果看着被截了双腿的爸爸,突然哭了,说:"爸爸,你的腿没了,以后我给你推轮椅。"

陈默说:"乖孩子,没事,我们不是活得好好的吗?"

抬眼一看，余敏正站在门口，眼泪汪汪地凝望着自己，陈默一阵激动，不由自主地想去迎接，刚坐起来，就有了和以往不一样的感觉。余敏赶紧走进病房，要他躺下休息。看着余敏空荡荡的袖子和自己失去的双腿，都唏嘘不已，又相互安慰庆幸还活着。

　　病房里还有医生和两个孩子，两人也不能说什么，余敏待了不一会，就回自己的病房了。

第九章　黑白双鱼大显神威

等余敏走后，陈默就给妻子莉梅打电话，却被告知妻子正在治疗室，只有等她出来才能通电话。两个孩子就闹着说要听爸爸讲故事。

陈默让两个孩子各自搬了一把椅子，挨着床沿坐下，然后又开始给他们讲了起来。

陈默问："豆豆，我讲到哪里了啊？"

"拉克勒带领玄蒲、玄家和玄菱从地下室里出来，去救玄无爷爷去了。"豆豆回答道。

"玄无变成了一只老鹰！"果果补充道。

陈默这才开始理清了早已混乱的思路，说："我先讲玄无爷爷的处境吧。"

玄无变成了一只威武凶猛的老鹰过后，他为了保护熊乾和玄殊，便死命地用嘴巴叼啄古尔丽的眼睛，用利爪撕扯古尔丽的身子。古尔丽痛得死去活来。但是，古尔丽长了十几条腿啊，每一条腿上面都长满了毒刺，能够分泌出很多透明状的毒汁。毒汁只要沾上那么一丁点儿就会让人昏迷，加上赫拉斯二百五十世又那么的凶残，无恶不作，所以，玄无在和古尔丽的搏斗中始终就处于下风。

古尔丽失去了一只眼睛,她在半空中痛得直打滚。但是,她在打滚的同时,突然伸出十几条长得像豇豆一样的长腿,拼命地将玄无爷爷的鹰爪给缠住了,然后将毒针迅速地刺了进去。

一只老鹰从半空中坠落了下来。这时候,赫拉斯二百五十世带领着他的恶魔军团正好赶到。赫拉斯二百五十世活捉了玄无,并将他五花大绑了起来,关进了太空战舰的死牢里面。

等巨目神拉克勒和玄氏三姊妹追赶上来的时候,赫拉斯二百五十世早已命令他的太空战舰缓缓地驶往外太空去了。

神鸟三姊妹展翅翱翔,呈逆时针方向在天空中不停地飞旋,追赶,朝着太空战舰飞去的方向奔去。但是,由于神鸟们缺少了玄殊的能量,她们就再也飞不了多高了。她们只得眼睁睁地看着抓走自己父亲的太空战舰一点一点地消失在了外太空,没有任何办法可以救他回来。

拉克勒也只能眼巴巴地仰望着天空,看着自己的主人一点一滴地消失在厚厚的云层后面。

玄蒲、玄家和玄菱十分沮丧地回到了地面,拉克勒走上去安慰她们,让大家不要泄气,赶快回到三星堆,去解救还浸泡在汪洋大海里面的三星堆居民。

她们回到了三星堆,在拉克勒的率领下,重新组织起三星堆里面的卫队，开始挨家挨户地呼叫，清点每一位还活着的居民。神鸟三姊妹不停地为每一位受伤的居民敷药，包扎，清洗伤口。

夜幕降临，拉克勒和玄氏三姊妹坐在一起商量对策。

拉克勒说："还是按照黑色木盒上的旨意，让熊乾独自在地下密室里面修炼吧！我相信他能够成功的。"

玄蒲环视了两个妹妹，问道："你们有没有意见？"

玄菱说道："我没有意见，还是要把妹妹玄殊喊出来吧。"

玄蒲点头同意，她说："这样吧，我们现在就下去将妹妹玄殊背出来，给她重新找一个地方养伤，然后顺便去给熊乾说一声，让他在里面安心修炼。"

拉克勒点头同意了，一干人又再次进入地下密室。

在地下室里，玄殊早已恢复了元气，她正盘膝而坐，背对着熊乾，凤眼紧闭，正在努力调匀呼吸。

熊乾也盘膝而坐，双掌相向，做抱球状，在胸前呈逆时针慢慢地旋转，两条巨大的游鱼也漂浮在他面前，随着熊乾的手势不停地顺时针游动着。

游鱼的嘴里不停地吐出一串串彩色的气泡，气泡在空中飞舞，然后紫色的气泡钻进玄殊的太阳穴，粉红色的气泡钻进熊乾的太阳穴，两股气泡在体内遨游了一圈过后，又从太阳穴的另一侧漂浮出来,连接在一起,最终在空气中消失得无影无踪。

拉克勒和玄氏姐妹见此情景,也不敢贸然打扰,生怕惊动了他们,以致走火入魔。

拉克勒说:"咱们还是出去吧!先不打扰他们练功。"

大家重新又回到了地面,玄蒲领着玄家、玄菱和拉克勒绕村子走了一遍,发现很多古老的建筑都遭到了严重的破坏。玄蒲说:"拉克勒,你还是到村庄入口处去值守,不允许任何人进入村庄。玄家、玄菱和我一起,准备重建三星堆,恢复到以前的样子。"

拉克勒对玄蒲从小就言听计从,他发自内心地崇拜着玄蒲,十分欣赏她管理村庄的才能,于是便飞奔去了村口。

玄蒲和两个妹妹商量了一番,然后她从父亲修炼的地方取出来一个法器,法器是一个巨大的用黄金铸造打磨而成的圆盘,圆盘的中间有一个四四方方的小孔,圆盘打磨得十分光亮,像一片铜镜。

玄蒲让玄家和玄菱都围拢过来,她先将金色圆盘高高地举过头顶,然后三姐妹一齐用双手托起,嘴里面喷出火焰,彩色的火苗在圆盘上面不停地跳跃,然后三姐妹齐声歌唱道:你的爱,像火苗,把我的心燃烧,爱在三星堆里,天天奔跑!

法器听到优美动听的歌声,便慢慢地朝空中飞去,圆盘上面的那团彩色火焰还在不停地燃烧。

圆盘在玄蒲的头顶上停留了一会儿,然后又挨个地在玄家和玄菱的头顶停留片刻过后,便径直朝室外飞了出去。

金色的圆盘在三星堆的上空不停地飞舞,玄蒲、玄家和玄菱也一边唱歌,一边幻化成了三只美丽的凤凰飞向了天空,然后站上了圆盘。

被赫拉斯二百五十世和古尔丽夫妇蹂躏成一片废墟的三星堆,圆盘所到之处,树木复苏,死人复活,垮塌的建筑也重新站立了起来,洪水泛滥的鸭子河重新变得清澈干净,天空开始放晴,阳光普照着大地。三星堆的居民们纷纷重新齐聚祭祀广场,跪拜磕头,感谢玄氏姐妹让三星堆获得了重生,但大家都知道玄无被恶魔掳走了,均感伤心。

那天夜晚,三星堆所有的居民聚集在广场上面,都不愿意回家。大家纷纷穿上了五颜六色的节日盛装,并点燃用稻草或麦秆捆扎成的特制火把,手拉着手围成了一个大大的圆圈,在广场上面跳起了隆重的火把舞来安慰亡灵,祈祷首领玄无平安吉祥,也表达劫后余生的幸福感觉。

玄蒲、玄家和玄菱三姊妹也都加入了跳火把舞的人群,大家手拉着手,尽情地享受着幸福的夜晚。小伙子们也壮着胆子,向自己心仪的姑娘发起进攻,表达爱意。

拉克勒一直尽职尽责地守候在村口,他老远就看见了广场上玄蒲楚楚动人和优美的舞姿,仿佛在那么多人里面,眼里就只有玄蒲一个人而已。拉克勒在地上捡了一块石头,独自用木刀在上面慢慢地刻画。他在石头上面刻了一颗太阳,太阳的四周发出万丈光芒,太阳的旁边又刻了一只美丽的凤凰,凤凰绕着太阳不停地飞舞。拉克勒心想:"要是自己就是石头上面的太阳就好啦!而太阳旁边不停飞舞的彩色凤凰就是自己最心爱的玄蒲了。"

拉克勒就这样远远地遥望着玄蒲,内心不停地产生着各种美好的幻想。但是,拉克勒自己也知道,玄蒲并不喜欢他,因为拉克勒虽然身材高大,能力在三星堆也算数一数二的了,可是自己天生的这一副相貌却不受人喜欢。拉克勒眼睛长得像螃蟹的眼睛,高高地突起,耳朵像大象的耳朵,更像两片芭蕉叶子,低低地下垂着,最讨厌的就是自己的那一张大大的嘴巴了,四四方方不说,说话时就像一个高音喇叭,怪吓人的。

拉克勒想:"要是自己和玄蒲出去幽会,想说几句悄悄话都不行的。"因为,拉克勒说话像打雷一样响。他想到这里,自己都忍不住笑了起来。

就在拉克勒独自充满幻想地欣赏太阳和彩色凤凰的时候,一双女人的手从背后蒙住了他的眼睛。

"谁？"拉克勒吓了一大跳，他像屁股被烫了一样迅速站了起来，并反手一把将背后的人紧紧地抓住。

"咯咯咯，丑八怪哥哥，是我，你的菱妹妹啊。"玄菱见拉克勒吓成那幅模样，就忍不住大声地笑了起来。

拉克勒见是玄菱在故意捣蛋，竟然羞愧得满脸通红。他还从来没有被人这样从背后蒙住过眼睛的，因为他是出了名的顺风耳，不管千里之外发出什么响声，他那两扇长得像芭蕉叶的大耳朵都能够接收到。可是，今天晚上，竟然被一个小姑娘给突破了。

拉克勒双手局促地合在一起，始终低着头不敢睁眼看玄菱。他还在为自己刚才双眼痴痴地望着玄蒲并且胡思乱想而颇感羞愧。

玄菱猜出了拉克勒的心思，她笑着说："丑八怪，你喜欢我大姐，是不是？嘿嘿，我早就看出来了，不过嘛，我大姐心中可是有了自己的意中人了哦。"

拉克勒吃惊地问道："你怎么知道？她的意中人是谁啊？"

玄菱低声喊道："你小声点儿，行不行啊？你想让全世界都知道吗？"

拉克勒吐了吐舌头，向玄菱做了个鬼脸。

玄菱继续说道："我有火眼金睛啊。你的内心在想什么，难道能逃得过我们几姊妹吗？"

拉克勒这才想起，自己虽然是千里眼，但和四只漂亮的凤凰相比，那可就差远啦。尤其是大姐玄蒲天生的那一对丹凤眼，任何人只要瞧上了一眼，肯定就会丢魂失魄的。

"诶，巨目神哥哥，我有一事相求，不知道你肯不肯答应？如果你答应的话，那就什么事情都好办的。"玄菱低声说道。

拉克勒问道："什么事情？"

玄菱将嘴巴凑到拉克勒的耳朵上，说："你去帮我到地下室弄到那只黑色木盒，我就帮你撮合你跟我大姐，以后就看你自己有没有本事追到玄蒲啦。"

玄菱虽然年龄很小，但却比其他几姊妹的城府更深。她早就听父亲玄无提到过黑白双鱼合体后的无穷魅力。

拉克勒听后直摇头，尽量压低嗓子说道："不行！不行！木盒上面说，只允许第一个拿到盒子的人修炼，外人绝对不允许的。"

玄菱用柔软的身子倚靠在拉克勒的胸前，温柔地撒娇道："嗯，哥哥，你人长得这么的帅，妹妹我求你办这点儿小事情，难道你也不帮我的忙吗？"

鬼机灵的玄菱早就看出来了巨目神表面看上去冷漠，其实内心非常狂热，而且还蕴藏着十足的野性。她开始使出自己最得心应手的杀手锏来——美人计。

玄菱趁着夜幕的笼罩，突然踮起脚跟，双手将拉克勒的脖子环抱，然后将自己温暖的嘴唇贴上了他的大嘴，趁机把一颗毒药喂进了拉克勒的嘴里。

拉克勒慢慢地就觉得自己头脑晕乎乎的，他浑身充血，肌肉收紧，心脏砰砰砰地乱跳，还看见玄蒲慢慢地向自己走来。

慢慢地，拉克勒失去了理智，他一把就将柔软的玄蒲按倒在了地上，大口地喘着粗气，疯狂地剥掉了玄蒲身上薄薄的像羽毛一样柔软的彩色纱衣。

拉克勒回过神来的时候，却看见是玄菱头发凌乱坐在石凳上，衣服也被撕破了，才知道自己是把玄菱当成玄蒲了。回想起刚才的事情，忍不住给了自己一个耳光。

玄菱从地上爬了起来，穿上外衣，整理好了凌乱的头发，这才走到拉克勒的身旁，将身子依偎在他的肩膀上面，小声地问道："拉克勒哥哥，以后我就是你的人了，你能够帮我拿到木盒子吗？"

拉克勒这才渐渐地恢复了理智。他内心十分后悔，一个忠心耿耿守护三星堆的巨目神竟然被一个小姑娘给俘获了。而且，自己图一时之快，就轻而易举地失去了对玄蒲的忠贞和爱情。

拉克勒双眼望着远方,一言不发地坐着。

玄菱见拉克勒默不作声,知道他后悔了。于是,玄菱腾地一下就站了起来,俯身在他的耳朵边小声地嘀咕了几句:"你如果不帮我拿到那个黑色木盒子,咱们俩就走着瞧吧,我要让你在三星堆身败名裂!"说完,玄菱转身就走了,很快就消失在黑暗之中。

"嘿嘿,爸爸,玄菱使用了美人计俘获了巨目神。我听妈妈说,你的心是不是也被美人儿给网住了?"豆豆抬起头来,不解地望着陈默。

陈默大吃一惊。心想:我的天啦,这个小机灵鬼怎么会联想到我了呢,而且,妻子莉梅怎么会给孩子们说这些呢。

难道,我和余敏之间的事情,全家人都晓得了?陈默浑身冒着冷汗。

估计莉梅治疗结束了,陈默让护士拿过电话,拨通了妻子的手机。

"喂——,亲爱的,你怎么样了?哪里受了伤?恢复得如何了啊?"陈默在电话里轻声地询问道。

电话那边是妻子莉梅十分温柔而清脆的声音:"我的伤就要完全好了,再过一周我就可以来看你和孩子了。只是……"

陈默说:"没事的,虽然我失去了双腿,但还有双手,我一样可以做实验。"

莉梅说:"你这次可是立了大功,我在这边天天看新闻报道,每天都能够听到你的名字。听说,联合国秘书长都要来看望你啊!"

陈默:"哎,那些都是浮云!只要全家人都还活着就幸福!"

莉梅顿了一下,说:"余敏,我听说她为了保护你还失去了一条手臂,是真的吗?她还好吗?"

陈默没想到妻子莉梅会问起余敏,想到豆豆刚才说的话,一时还不知道怎么回答,拿着话筒,一时就失语了,很快又回过神来,说:"她刚才来过了,失去了一条胳膊,状况还不错。"赶紧将电话递给了两个孩子,让孩子们和母亲闲聊一阵。这样,他就可以暂时地回避一下这样尴尬的事情。

陈默倚靠在床上,双腿空荡荡的。他闭上了眼睛,耳朵却一刻也不停地听着儿子和妻子在电话里面聊天:"妈妈,爸爸没有脚了,余敏阿姨没有手了,以后他们俩怎么在一起工作啊?我想把爸爸和余敏阿姨捆绑在一起,爸爸出思想,用手干活,余阿姨帮爸爸走路。哈哈,你觉得我的想法如何啊?"

陈默越听越觉得他们在电话里面聊得离谱了,他伸手在儿子的耳朵上使劲儿揪了一把,果果便大声地哎哟了一声,回头十分不解地望着父亲。

陈默示意儿子不要讲了。果果这才将电话递给了妹妹豆豆。没有想到,豆豆接过电话就大哭了起来。她冲话筒里吼道:"妈妈,我不准爸爸和余阿姨在一起了。我从电视上看见报道了,是余阿姨采用美人计将爸爸骗到大熊猫基地,说那里是地震震中,然后,余阿姨用手臂死死地抱住爸爸的身子,爸爸才没有在地震来临时往家里跑,呜呜呜——"

"哎呀,你们小孩子怎么都乱说呢!不是那样的,不是那样的,余敏阿姨听了会生气的!"陈默只得抢过电话,将电话挂断了。

陈默十分后悔刚才给两个孩子讲了玄菱使用美人计的故事。他一直以为两个孩子小,对大人之间的感情故事根本就听不懂的。

他轻轻地叹息了一声:"哎,狗屁科学家啊!竟然还不如这两个四五岁的小毛孩儿!"

陈默闭着眼睛,一言不发。他寻思着:是不是电视上到处都在播放他和余敏的故事?是不是所有的媒体上都登载了余敏深情地搂抱着自己并亲吻自己的画面?以至于美女主角被切掉了一只手臂,而那个听上去闻名世界又表面十分正经的陈默教授被砍掉了双腿?

陈默想象:刚开始,媒体像潮水般地报道陈默和余敏为了人类而不惜冒险进入震中，收集第一手震中数据的感人事迹，很多人都被感动得热泪盈眶。渐渐地，媒体又突然倒戈，像剥大蒜一样天天撕扯陈默和余敏的个人故事，甚至个别媒体还从社交网站上面搜索到了陈默教授和助理余敏的工作照，尤其是余敏看陈默时那一双含情脉脉的丹凤眼，竟然登上了美国《时代》周刊的封面，并在下面配发了一条细小的文字：这就是凝视着科学家的凤眼。

想到余敏对工作和对自己的感情，陈默不由自主地流下了眼泪。

"爸爸，你怎么哭啦？"豆豆和果果齐声问道。

陈默擦干了眼泪，冲两个孩子笑了笑，说道："好啦，咱们继续讲故事吧！"

豆豆顿时高兴得手舞足蹈起来，她在病房内飞快地转了几圈，嘴里面大声地喊道："哦——，爸爸又讲故事啦！爸爸没有中美人计！爸爸没有中美人计！"

果果不解地看了看妹妹，又看了看陈默。

陈默面带微笑，朝果果故意眨了眨眼睛，示意他一定要相信自己的判断，不要听别人乱说。

"妹妹，再也不要提什么美人计啦！"果果冲妹妹吼道。

豆豆这才安安静静地坐回到了位置上面，等待爸爸讲故事。

第十章　玄菱使用美人计

再说玄无被赫拉斯二百五十世和古尔丽夫妇抓到了太空战舰上面，被囚禁在死牢里面。

玄无被古尔丽的毒刺刺中了双爪，失去了昔日的锋利，而且浑身无力，羽毛开始脱落，爪子上的铠甲渐渐地软化。

"必须找到解药！"玄无虽然身子不能动弹，但思维却是清醒的。他睁开双眼，开始察看牢房里面的情况。牢房很小，十分坚固，四周光溜溜的，灰黑色一片。里面没有一点儿光线，既没有门，也没有窗户，头顶上是粗大的钢棒，密实地排列着，还可以透点气。他只能够完全凭借自己的鹰眼在黑暗中去寻找能够逃生的地方。

玄无用坚硬的鹰嘴敲打了几下身后的墙壁，墙壁上没有发出任何的声音。他又敲打死牢的地板，仍然是没有声音。他伸出爪子在四周轻轻地摸了一遍，连一条细微的缝隙都没有找到。

玄无苦苦地思索着自己的处境，但他没有轻易放弃。

"与其徒劳无功，还不如冷静地思考。"玄无静静地坐了下来，背靠在冰冷的牢房墙壁上面。为了打发时间，他忍住伤痛，开始独自琢磨起围棋来了。

过去，玄无每一次要下围棋的时候，总会叫上最小的女儿玄殊。现在，他独自一人被关押在一个不知名的太空死牢里面，只好独自在大脑里思索黑白棋子儿了。

玄无的脑海里面浮现出一个棋盘，然后他先想到了白子儿，他将白子儿放在了一个地方，紧接着他又想到了黑子儿。就这样，玄无自己和自己在死牢里面下着围棋。突然，他不小心放错了一颗白子儿，棋盘上面所有的黑子儿开始有序地滑动了起来，而且黑子儿的异常运动瞬间也激怒了棋盘上面其他的白子儿，黑白棋子儿们在棋盘上面不停地奔跑、运动，并且扭在一起进行撕咬、博弈。

玄无先是想控制住局面，可是，黑色棋子儿很快又聚在了一起，形成了一股巨大的力量，将白子死死地围在一起，并不停地将他们逼到死角。白子儿被黑子儿逼得喘不过气来，也手挽着手团结一致往外面冲。一次，两次，三次，白子儿们经过无数次的努力过后，突然不冲了，而是立即变招。他们突然一颗一颗地重叠了起来，白子儿们想着既然不能突破平面思维，那就重新寻找立体空间吧。立体空间肯定是多维空间，多维空间又是变幻无常的。黑子们见状，也立即开始变阵，所有的黑色棋子儿突然朝多维空间里飞去，在玄无的眼前飞快地旋转，不停地敲击着竖立起来准备逃跑的白子儿。

玄无陷入了紧张的状态，他浑身的血液也开始快速地流动了起来，而且，血液越跑越快。先前，身体内已经冷却了的血液正渐渐地变得温暖。

黑子儿嗖嗖嗖地呈逆时针奔跑着。这时，白子儿也全部冲破了多维空间，他们也突然变阵，在第一颗棋子儿的大声指挥下，十分规则地摆开了搏杀的阵势。

黑子儿和白子儿全部都冲破了多维空间，先是在玄无的眼前乱飞乱窜，紧接着所有的棋子儿开始听从指挥。玄无伸出双爪，他左爪执黑子儿，右爪执白子儿，两只鹰爪在胸前不停地旋转指挥着黑白大军。渐渐地，一股巨大的力量袭来，所有的黑子儿突然聚集在了一起，形成一条黑色的游动着的大鱼，张开嘴巴朝着白子儿冲了过去。这时，玄无又张开右爪，在空中一挥，所有的白子儿也突然变阵，快速地聚集在了一起，也变成了一条巨大的白色的张开血盆大口的游鱼，径直朝着黑鱼猛扑了过去。

两条由黑白棋子儿组成起来的游鱼相互搏杀、撕咬，互不相让，互不认输，谁也不放弃，谁也不愿意认输。

玄无的双爪不停地指挥着空中的大鱼，所有的棋子儿势均力敌了，终于渐渐地慢下来，在半空中悬停了下来。

这时，玄无突然想到了女儿玄殊，白色游鱼动了几下，远在三星堆地下密室里面的玄殊感到心口剧痛，她大喊了一声。

白鱼也大喊了一声，玄无又看了看黑鱼，只见黑鱼也动了几下。突然，白鱼在空中游动了起来，径直穿过了冰冷的墙壁游了出去。

玄无大吃一惊，豁然开朗，他惊喜地发现，原来自己已经突破了多维空间，其实他是可以来去自由的。他朝黑鱼招了一下手，思想跟着黑鱼一起飞出了死牢。黑鱼载着玄无受伤的躯体径直朝白鱼追了过去。

玄无竟然奇迹般地逃出了太空战舰的死牢。

玄殊在地下密室里面十分痛苦，她感觉到自己的身体轻飘飘的，刚才还在围绕熊乾飞舞奔跑的那一条白鱼竟然载着她飞出了地下密室，轻而易举地穿越了三道厚厚的墙壁，此时已经在半空中自由自在地游动了。

玄殊听到了父亲痛苦的呻吟，她独自跨坐在白色游鱼的背上，双手紧紧地抓着鱼儿的鱼鳍。远远地，她看见了一条黑色的大鱼正朝着自己游了过来。

玄殊迎了上去，只见那条黑色的大鱼背上正驮着一只受伤的老鹰。她定睛一看，竟然是父亲，于是便大喊了一声："爸爸！"

玄无终于睁开了双眼，他看见了自己久别重逢的女儿，父女俩立即拥抱在了一起。两条黑白游鱼也激动地拥抱在一起，并相互亲吻着，追逐着，飞旋着。鱼儿在天空中画出了一个巨大的圆圈。

三星堆村庄上空漂浮着黑白色大鱼，金色的太阳洒在两条大鱼的身上，金光闪闪。鱼儿的身上端坐着玄无和玄殊，三星堆所有的村民都蜂拥而出，激动地跪拜在地上，不停地朝着天空中磕头，迎接玄无劫后归来。

白色游鱼穿过了多维空间，跟随着玄殊飞出了地下密室过后，熊乾便晕倒了过去。

玄无回到村庄的消息不胫而走，玄蒲、玄家和玄菱赶忙进去看望父亲，察看父亲的伤情。

玄蒲让拉克勒出去挖了一些神草回来，捣碎后敷在玄无的伤口上面。玄无十分感动地拉着几个女儿的手，嘘寒问暖了一番过后，便沉沉地睡了过去。

拉克勒一言不发地站在玄蒲的身后，内心十分内疚。他一会儿看看玄菱，一会儿又看看玄蒲，心里面有太多的苦却无法对人述说。

拉克勒神不守舍的样子，被玄殊看了出来。她想，这个平日里十分阳光、开朗、大方的大哥哥最近怎么啦？竟然满脸的愁云，看上去心事重重的样子，但她并没有多问，而是十分小心地留意着他的一举一动。玄殊想：等父亲的身体恢复好了过后，再去追问也不迟。而且，整个三星堆的安全保卫工作全然要依靠巨目神大哥哥了，他肩膀上的责任可重着呢。

玄殊恢复了往日的美丽，但她的内心深处却依然还没有放弃那个黑色的木盒，依然还没有放弃成为宇宙之主宰者的伟大梦想。自从她和熊乾一起修炼木盒里面的秘籍以来，她感觉心情舒畅得多了，而且，浑身汇集了太多的能量。

玄殊和熊乾在地下室里已经修炼了百年，三星堆文明又向前发展了一百年。

玄殊这才想起自己怎么能够从修建了三道厚厚的墙壁的密室里面出来了的呢？她感到十分奇怪，内心十分恐惧和害怕。她觉得她似乎已经背叛什么似的。因为，只要她一想到密室里面的熊乾，心里面就暖乎乎的，就会有一股像电流一样的莫名其妙的感觉流遍全身，有时候就像股股山泉在心海里面荡漾，像是要溢出来似的，心便突突突地跳。

玄殊赶忙找来三个姐姐，询问她自己是怎么从密室里面出来的。玄蒲和玄家也十分吃惊地摇了摇头，无法回答她这个奇怪的问题。玄菱默不作声，用一双狡黠的凤眼看着玄殊，然后默默地走开了。

玄菱找到了拉克勒，和他肩并肩地走进了村口的森林里面，再一次用甜言蜜语引诱了巨目神哥哥。她苦苦地哀求着拉克勒务必要尽快进入地下密室，将黑色木盒子拿出来。

拉克勒知道黑色木盒不能重见阳光，他一口拒绝了玄菱的无理要求。

玄菱十分失望地回到另外三姊妹中间，但她的内心深处却在翻江倒海。她咬牙切齿地发誓要报复巨目神，让他彻底失去自由和彻底身败名裂。

玄菱在四姊妹中，其实是长得最漂亮的一只凤凰。但是，漂亮的女人一旦心被贪欲和邪恶笼罩了就是很危险的，这一点，父亲玄无和几个姊妹都还没有意识到。

三星堆再一次遭受劫难的日子由于玄菱狠毒至极的内心一步一步地接近了。

玄殊拉着两个姐姐，大声地哀求道："不好！赶快打开地下密室的大门，我要进去！熊乾哥哥遇到大麻烦了！"

玄蒲、玄家立即喊上玄菱和拉克勒，几个人迅速打开了三道大门，快速地进入了地下密室。大家这才发现熊乾早已倒在石板上面，身子蜷缩成一团，气息奄奄地耷拉着脑袋。

"乾哥哥，乾哥哥，快醒醒！你怎么啦？"玄殊急切地大声喊道。

"熊乾，醒醒吧！你生病了吗？"玄蒲将熊乾扶了起来，伸手不停地在他的胸口抚摸着，察看他是否还有心跳。

大家手忙脚乱地对熊乾施救。

其实，早在玄殊带着那条白鱼穿越了多维空间游出了地下室那一刻，漂浮在室内的所有彩色气泡便瞬间破裂。熊乾身上所有的能量都被白鱼带出了地面，他便一头栽倒在了地上，晕厥了过去。

这时，玄菱趁乱，竟偷偷地将熊乾面前的黑色木盒拿起，塞进了裙子里面的口袋，然后一言不发地跟在大家后面，直到熊乾开始有了一丁点儿呼吸过后，她才跟在拉克勒的身后，从地下室里走了出来。

玄菱一走出地下室，便直奔父亲的卧室，气喘吁吁地哭诉道："父亲，拉克勒这人很坏，他不但私通赫拉斯二百五十世向他传递三星堆的信息，而且，他还将黑色木盒偷偷地交给了赫拉斯二百五十世。昨晚，拉克勒还强奸了我，逼迫我永远成为他的女人，让我从此失去了自由。我没脸活了。"

玄菱说完，便一边哭一边跑出了父亲的卧室，很快就消失在了黑暗之中。

玄无想到自己受的伤和三星堆遭受的损失，自己的女儿还被玷污了,一下就气愤到了极点,女儿的话他从来都是相信的,而且说这话的还是自己一向觉得最乖最听话的爱女。他支撑着从床上坐了起来,大声地呼唤着卫兵进来。

玄无命令卫兵:"快!火速去将拉克勒绑了,给我扔进地牢里去!这个畜生。"几百名全副武装的卫兵迅速地向巨目神冲了过去,将他团团围住,拉克勒也没有反抗,就被士兵按倒在地,五花大绑了起来。

等到玄蒲赶到的时候,拉克勒已经被扔进了地牢。

玄无要卫兵把三个女儿叫了过来,把玄菱说的拉克勒通敌和玷污玄菱的事说了。

玄蒲、玄家和玄殊也十分气愤,他们没有想到拉克勒竟然是这样的人。

现在玄菱不在了,就只有父亲玄无能够进入密室了。玄蒲就给父亲说和玄家去找玄菱,父亲和玄殊到密室去印证木盒子已经不在了。玄殊立即和父亲再次进入了地下密室,她们口喷火焰,将整个地下室照得透亮。

熊乾还躺在石床上面,不停地自我调整着微弱的呼吸。他看了一眼玄殊,感觉怪怪的。玄殊也走过去温情地望着他,用温柔的语言安抚着他,让他安心养伤,早日恢复身体。但玄殊却始终不知道是自己带走了熊乾的能量才最终导致了他晕厥受伤。

玄殊和父亲借着自己喷出来的熊熊火焰发出的亮光，找遍了室内的每一个角落，都没有发现黑色木盒的影子。

"熊乾，你知道木盒子是被谁拿走了吗？"玄殊紧张地问道。

熊乾摇了摇头，用十分微弱的声音回答道："我突然就晕厥了过去，后来的事情就一点儿也不知道了。"

玄无咬牙切齿地吼道："肯定是拉克勒那个坏蛋！这几天，我看他的眼神就一直不对！总是鬼鬼祟祟、神不守舍的样子，看我出去不把他斩了才怪。"

出了密室，玄蒲和玄家也回来了，说没有发现玄菱的身影。

玄蒲其实一直是知道巨目神哥哥喜欢着自己的，怎么会强奸玄菱呢？她对拉克勒偷走黑色木盒交给赫拉斯二百五十世感到将信将疑，但在还没有水落石出的时候，她更加不愿意就匆忙地下结论。

玄蒲冷静地劝道："大家先不要激动，等查清楚了过后，再进行处理也不迟。"

玄家也跟着附和道："对的，我也觉得拉克勒大哥不会是那样的人！他在三星堆和咱们生活了上千年，人品一直都很好的，而且，他日夜值守，到处巡逻，对三星堆人民可以说是忠心耿耿、尽心尽责的，怎么可能说叛变就叛变了呢？"

玄殊再也没有话说，但她的脑海里面始终浮现出拉克勒神不守舍、焦躁不安的模样来。她自言自语地说道："这里面十分蹊跷，肯定蕴藏着天大的秘密。"

玄蒲让玄殊继续留在密室里面照顾熊乾，她和妹妹玄家赶忙出去和父亲商量，请求父亲审问拉克勒。

玄无看着两个女儿，十分失望地摇了摇头，问道："就只有你们三个人有进入密室的钥匙，木盒怎么会不翼而飞呢？"

玄家提醒父亲道："父亲，咱们先别着急，不要乱了阵脚，我看还是去提审一下拉克勒吧！或许还能够从他的大嘴里面找到答案。"

玄无想了一会儿，点了点头，然后大手一挥，冲卫兵队长大声地喊道："去去去，带拉克勒过来！"

玄无领着两个女儿，径直步入了三星堆议事大厅，大厅里面早已是灯火辉煌、戒备森严，几百名全副武装的卫兵手持大刀，整齐划一地分两队站着。

玄无回到了卧室，重新换了一身带有红色铠甲的服装，只见他头戴鹰冠，两只有力的大手上面戴了一层紫色的软甲，软甲全部是银色丝线编织而成的，任何利刃都无法刺穿。

玄无又从柜子里面取出一件银灰色的披风，披风宽大威武，上面全部都是银色的羽毛，据说每一根羽毛都是一支随时可以发射出去一击致命的暗器。

看上去，此刻的玄无表面上十分平静，内心却早已波浪滔天。他咬牙切齿地自言自语道："平生最痛恨的就是背叛！看我怎么来收拾他！"

玄蒲和玄家一直等在卧室门外，两个人此时也是摩拳擦掌的样子。

玄无从卧室里面气冲冲地走了出来，冲两个女儿喊道："你们都跟我上议事大厅去！"

玄蒲见父亲十分生气，便小声地问道："把玄殊妹妹都叫上来吗？"

玄无边走边点头道："都给我喊过来，让那个该死的大熊猫也上来。"

玄蒲小声回答道："熊乾已经不是大熊猫了，他现在已经化身为人了。"

玄无停下了匆忙的脚步，回头看了看两个女儿，问道："是啥时候的事情？"

"父亲，是你被……"玄蒲不想再提及父亲心中的痛，她欲言又止，本想说是父亲被恶魔掳走的那一段日子的，但立刻就把话题给打住了。

玄家去喊玄殊上来，顺便再去找一下玄菱，却怎么也找不到玄菱的身影,她十分焦急地跑到姐姐玄蒲的身边,告诉她还是没有找到玄菱。

玄蒲也没有细想,但父亲让她们四姊妹都要上议事大厅里去,幺妹玄殊还在地下密室,玄菱又找不到,就凭她两人也只能打开两扇密室的大门啊!还有一扇门必须要玄菱到场才能够打开。

"这可怎么办呢?"玄家焦急地问道。

玄蒲说:"既然找不到妹妹玄菱,地下室咱们俩是进不去的。那就赶快进议事大厅向父亲如实汇报吧,事情一定会水落石出的!"

玄家觉得今天发生了一系列的怪事情,怎么都凑一块儿了呢?她在努力地思考妹妹玄菱的去向。而且,她十分清楚妹妹平常是非常聪明的,妹妹怎么可能会被拉克勒强奸了呢?这会不会和木盒子有关?

她们俩默默地向议事大厅走去。这时,南方的天空中早已经乌云密布、电闪雷鸣,黑压压的,没有一丝光亮。

议事大厅内,肃穆寂静,没有人敢轻易出声。

第十一章　熊乾和玄殊密室修炼

作为三星堆的最高统治者，玄无庄严地端坐在上面，他用两只鹰眼射出两道闪电一样的光芒，像扫描仪一样扫视着台下所有的人，每一个人脸上的表情都很难逃过他犀利的眼神。

玄蒲和玄家步入大厅以后，玄无高声喝道："传拉克勒！"

众人都将目光转向议事大厅的大门口，只见遭五花大绑的拉克勒被几十个卫兵押了进来。

"跪下！"玄无在台上吼道。

卫兵将拉克勒按倒在地，拉克勒的头都几乎触碰到地面。在三星堆有一个规定：任何犯人进来了都必须跪着。

拉克勒巨大的嘴巴被黑色的树胶封得严严实实的，只能用鼻孔出气，连一个音都发不出来。

这时，玄蒲快步地走到父亲的身后，在他耳边悄悄地告知找不到玄菱，而且地下室也下不去，所以玄殊和熊乾也无法上来。玄蒲建议父亲命令卫兵先去掉巨目神嘴巴上的封胶，让拉克勒说话，听一听他怎么解释。

玄无想了想，同意了玄蒲的建议。于是，他大声地命令卫兵去掉拉克勒嘴上的封胶。

两个卫兵立即跑出去,取来了两支熊熊燃烧的火把,在拉克勒的嘴唇上炙烤了一会儿,再用一块竹板撬开了封胶。

"冤枉啊!我是冤枉的啊!我尊敬的玄无主人,请你明察秋毫。我没有强奸你的女儿!"拉克勒跪在地上,不停地大喊大叫。

玄无:"巨目神拉克勒听着,黑色木盒子哪里去了?是不是你偷走交给赫拉斯二百五十世了?你不老实回答,我就会处死你。"

拉克勒大声地喊道:"是你的乖女儿玄菱偷走了木盒子!是玄菱偷走了木盒子!"

玄无眼睛睁得大大的,用威严的口吻怒吼道:"何以证明是我女儿偷走的?如果你敢乱说,我就立即斩了你!"

拉克勒不住地点头道:"绝无戏言啊!是玄菱一心想拿到木盒,想独自去修炼,获取宇宙的能量,成为宇宙之王。她让我给她偷出来,我不同意,她就想尽了一切办法来要挟我,并且威胁我,说要让我在三星堆身败名裂。"

玄无继续追问道:"她怎么要挟你的?快如实招来!"

拉克勒低头看了看玄蒲,迟疑了片刻,才说道:"尊敬的主人,我句句当真!那天晚上,三星堆所有的居民都在广场上跳舞祈祷的时候,我一个人在村口值守巡逻,玄菱小姐悄悄地跑到我身边来,趁我不注意就强吻我,还给我喂了毒药,脱掉衣服,我们俩就发生了关系。然后,小姐就要挟我必须帮助她拿到木盒。否则,她说她就要让我身败名裂!"

玄蒲听后,直气得咬牙切齿。她真的没有想到自己的亲妹妹竟然会对拉克勒做出如此下流的事情来。

玄无听了也觉得匪夷所思,他招手让玄蒲和玄家过去,他要和两个女儿商量一下,看拉克勒的话是否属实。

玄蒲和玄家快步跑到了父亲的身旁,三个人小声地商量了几句。最后,玄无对卫兵吼道:"先将拉克勒押回死牢,待我们找到了玄菱再行处理!"

"遵命!"卫兵们齐声回应。十几名卫兵立即又用黑色树胶将巨目神的大嘴巴给封住,然后就将他迅速押送了出去,重新关进了死牢。

玄无领着两个女儿快速地跑出了议事大厅。他跑回自己的卧室,取出一只金色的圆盘状的法器,立即变幻成了一只巨大的雄鹰,两个女儿也马上变幻成了两只优雅的火凤凰。

他们呈三角形站在金色圆盘上面,很快就旋转着升上了天空。玄无用犀利的鹰眼扫视着四周,玄蒲和玄家也张开凤眼,在夜幕下搜寻着妹妹玄菱的蛛丝马迹。

玄菱偷走黑色木盒后,立即趁着夜色的掩护,迅速地变成了一只大鸟，避开卫兵们的视线，径直向南海方向飞走了。有特异功能的玄无也终于在南海方向发现了玄菱的踪迹。

熊乾躺在石床上面，浑身发抖，冷彻入骨，两排牙齿相互碰撞着，发出"咔咔咔"的响声，脸早已变成一块僵硬的冰块了。

玄殊一直守候在熊乾的身边，看见他冷得发抖的样子，既心痛，又感到害怕。她紧紧地拥抱着熊乾冰冷的身体，想用自己的体温去温暖他。

熊乾也伸出双臂，紧紧地搂抱着玄殊，玄殊将自己的脸紧贴着熊乾的脸。

玄殊一边用自己的体温温暖着熊乾，一边在脑海里面思索着拉克勒焦灼、怪异的眼神。她突然在想黑色木盒子的失踪会不会是拉克勒干的呢？不然，他怎么会显得那么神情紧张、六神无主，能够盗走木盒子的就只有他们几个人，其中拉克勒具有最大的嫌疑。

玄殊渐渐地冷静了下来，她开始慢慢地回忆自己是如何从有那么多障碍的地下室里面走出去迎接父亲的。她想了很久，却只记得前面她和熊乾哥哥一起练功时的情景，对于是如何出去了的却怎么也没有了记忆。

玄殊冷静下来后，脑海里面就开始有一条白色的鱼儿在游动。突然，她的眼前，那条白色的鱼儿正在渐渐地长大，正在慢慢地复活，并在半空中游动了起来。

玄殊突然想起来了：就是这一条白色游鱼载着自己去迎接父亲的，可是，怎么只有这条白鱼呢？黑鱼又去了哪里呢？她低头看了看一直在躺着的熊乾。

"黑鱼去哪儿了呢？难道黑鱼自行游走了吗？"玄殊冥思苦想。"他肯定就是那条黑鱼吧？"玄殊突觉豁然开朗，她认为必须立即唤醒熊乾，让他的思想尽快复活过来，并告诉他白鱼在等他。

玄殊不停地摇动着熊乾的臂膀，对着他的耳朵大声地喊道："熊哥哥，快快醒来，我就是白鱼儿啊，白鱼儿在等你啊，我们不需要那黑色木盒子了，其实那木盒子里面什么都没有，只要我们两人的思想在一起，就会拥有无穷无尽的力量！整个宇宙就永远属于我们的啦！"

熊乾依然一动不动地躺在石床上，对玄殊的呼喊根本就没有任何反应。

玄殊渐渐地冷静了下来。她想：既然白鱼和黑鱼属于天生的一对，那么现在白鱼就是我，只要白鱼在，黑鱼就一定能够复活的！

玄殊满怀希望地望着眼前不停游动着的白鱼儿，突然她灵感一闪,想到:我必须钻进他的灵魂深处去,用我的体温去给他的灵魂破冰。

玄殊张开了嘴唇,低头亲吻着熊乾。渐渐地,熊乾嘴唇上的那一层冰开始融化了,玄殊用自己的嘴慢慢地向熊乾的嘴里吹着气泡,只见她头顶上的那一条白鱼儿也吐出来一长串气泡,气泡径直朝着熊乾的嘴里飞去,然后钻了下去。

气泡越来越多,熊乾的嘴唇开始渐渐红润了起来。接下来,他的脸也变成了粉红色,眼睛开始动了几下。坐在一旁的玄殊激动得眼泪都快要流出来了,她不停地自言自语道:"熊哥哥,快快醒过来吧!妹妹是那条白鱼儿,你就是那一条黑鱼儿,黑白鱼儿永远要在一起!永远要在一起!"

玄殊就这样不停地亲吻着熊乾,不停地向他的体内吹气,那条白色游鱼也跟随玄殊的思想,不停地向熊乾的体内吹着气泡。

渐渐地,熊乾不再发抖了,他体内的血液开始复活,血液像一股股温泉水,慢慢地流经大脑,流进心脏,然后直奔丹田。

大约过了两个小时,熊乾慢慢地睁开了眼睛,他看见了漂亮的玄殊。此刻,玄殊正用柔软的躯体紧紧地拥抱着他。熊乾感受到了前所未有的温暖和幸福,这是熊乾来到三星堆后最幸福的时刻。

熊乾咧开嘴笑了,他慢慢地从石床上面坐了起来,伸手轻轻地拥抱着玄殊,喃喃地说道:"玄殊妹妹,谢谢你救了我,我在睡梦中已经听到了你的呼唤。是的,你就是那一条白色的鱼儿,我就是那条黑鱼,黑鱼和白鱼永远不要分离。我们俩永远不能分离!"

玄殊不住地点头,她轻轻地将头埋进了熊乾的怀抱,眼里流出了幸福的泪水。

熊乾的身体还很虚弱,他不停地在调整着呼吸。他看到了独自遨游在多维空间里面的那一条白色的游鱼,于是,熊乾坐直身子,紧闭双眼,盘膝打坐,双掌平放在膝盖之上,掌心朝上,脑海里面开始默想黑色木盒盖子上的那一条黑色鱼儿。

玄殊见熊乾开始练功了,心里面说不出的高兴。她也盘腿坐在熊乾的身后,将后背紧紧地靠着熊乾宽厚的后背,也开始在脑海里面召唤白鱼儿。

一条黑色的大鱼游动在多维空间,紧接着另一条白色的大鱼也出现了,像是从海底慢慢地游了回来。黑白鱼儿相拥亲吻,嘴对着嘴,看上去十分的亲密。

两条鱼儿就是熊乾和玄殊的思想,一黑一白,一阴一阳,互相追逐，一起游戏，幸福之极。

白鱼吐出一串串气泡，气泡不停地钻进熊乾的太阳穴里；黑鱼也吐出一串串气泡，气泡钻进了玄殊的太阳穴里。最终两股气泡在各自的体内奔跑了一阵后，又从太阳穴的另一边飘了出来，两股气泡在空中相遇，最终融合在了一起，消失得无影无踪，悄无声息。

大约又过了一百年，熊乾和玄殊一刻也不停歇地修炼太极，熊乾的体内已经汇聚了大量的能量，黑白双鱼已经不再是两条普通的游鱼了，而是被熊乾和玄殊拿捏自如、变化多端的超级能量。

熊乾突然开始思念起父亲来。他的这个念头刚出现，父亲熊空就站在了他的面前。熊乾跳下石床，飞快地跑过去，紧紧地拥抱着父亲。

"爸爸，咱们父子俩终于又见面了。"熊乾泪流满面地哭着说。

熊空一把推开儿子，装作故意生气的样子说道："没有出息的家伙，这么多年了，你还没有悟出黑白世界的奥妙吗？"

熊乾摇了摇头，说道："孩儿无能啊，都练了好几百年了，还是每天和两条鱼儿在打交道。"

熊空摇了摇头，略微有点生气，他语重心长地说道："孩子啊,万事万物都有它的多面性,你总不能仅仅只看到它的一面吧!我知道,你现在只练就了黑白世界里面最最温柔的一面,黑白世界里面还有很多很多面,是你还没有涉足的广阔的未知领域。我在竹林里面独自博弈了上千年了,都还没有彻底研究透彻整个黑白世界,深奥啊!"

熊乾听后,内心十分羞愧,他看了看一直闭目端坐在身旁的玄殊,心情立即又平静了下来。

熊空从多维空间里面走了出去,室内重新又回到了混沌黑暗之中。

熊乾又打起了精神,再一次进入思想升华的境界,整个身体彻底地放空,完全进入了一个忘我的世界,他按照父亲的提示,放弃了内心最柔软的那一种想法,一条黑色的大鱼突然就张开大嘴,朝白鱼猛扑了过去。

玄殊吓得一惊,整个身子开始冒汗。不过,她依然紧闭着双眼,面带微笑地对熊乾说道:"熊哥哥,你今天是怎么啦?怎么突然想要欺负起小妹来了?"

熊乾回答道:"妹妹,我们还需要练成更多的功法,以前我们俩练的是柔的、和善的一面,以后还要练搏杀的技能,世间不仅仅是儿女情长啊!"

玄殊咯咯地笑了起来,她反问道:"我们也没有白练,我们不是都走进了对方的精神世界吗？"

熊乾细细想了想：以前还真的没有喜欢过异性呢，玄殊是他此生遇到的最亲密的仙女了。他说："妹妹，黑白世界里，不光只有温情的一面，还有很多很多未知的领域需要我们去探索。"

玄殊点了点头，回答道："那好吧！我和父亲下棋的时候，父亲也经常这样给我说起，那咱们俩就来好好探索一下黑白世界的所有未知领域吧！"

熊乾突然感觉到了一波波来自白鱼的猛烈攻击，黑鱼开始节节败退，白鱼却昂起了骄傲的鱼头，张开大嘴，向黑鱼不断地挑衅着。

熊乾知道，这是玄殊在故意和自己摆开架势，要进行一场黑白博弈，他毫不示弱，不断地调整呼吸，将一股股彩色的气泡全部都吸进了丹田。

熊乾在不断地修炼黑白世界里最自私的一面，他正悄无声息地吸纳着白鱼体内的全部能量。玄殊突然感到一阵眩晕，她也意识到了熊乾变得很自私了。白鱼立马就改变了方向，将先前还在不断释放出去的一串串彩色气泡尽数吸了回来，两股力量在多维空间里面拼命地搏杀，两条鱼儿一改先前的亲密状态，突然就变得十分凶狠和自私起来了。

熊乾要打败白色世界，玄殊要控制黑色世界，两股力量在多维空间里面不停地打斗，拼命地追赶。这时，熊乾十分狡猾地双手一摊，一把抓住了白鱼的鱼鳍，白鱼不停地扭动、摇摆，想要立即挣脱黑鱼的嘴巴。

熊乾将两条凶猛的大鱼紧紧地捏在了手里，两条大鱼瞬间就变成了两把鱼形的武器。熊乾哈哈大笑了起来，他对失去了白鱼的玄殊嘲笑道："哈哈，妹妹，你就弃子认输吧！你看哥哥手里拿的是什么？黑白无影刀啊！"

玄殊并不认输，她继续发起攻击，一股冰冷的寒风向熊乾直奔而来，白鱼突然改变了方向。熊乾左手中的黑白无影刀，瞬间便凝固成了一把非黑非白冰锋剑，无影刀对冰锋剑，在黑白世界里打得丁冬作响。

刚开始，熊乾的黑白无影刀略占上风。玄殊手持冰锋剑节节败退，但玄殊一边搏杀，一边思考起父亲玄无曾经给她说过的话："孩子，在任何时候，都不要逞强。关键时刻，你一示弱，就可以颠倒黑白，打败对手。"

玄殊心头闪过父亲的话，手中的冰锋剑剑锋一转，她突然"哎哟"一声，飞快地蹲在了地下。这时，熊乾正搏杀在兴头上，哪里料到玄殊会故意向他使诈，黑白无影刀"啪"地一声就劈向了玄殊的后腰。

就在黑白无影刀即将砍进玄殊的肉体的那一瞬间,熊乾的儿女私情又出来了,他立即收手,刀锋变成了鱼鳍。玄殊马上低头,弯腰,向后一个鲤鱼打挺,从胯下将一把锋利无比的冰锋剑递了过去,熊乾躲避不及,剑尖直挺挺地刺中了他的大腿,腿部顿时血流不止。

"哎哟!你怎么当真了?"熊乾向后大步跳开,痛得大喊大叫了起来。

玄殊咯咯地笑了起来:"哥哥,你不是也很当真的吗?"

熊乾抛开白鱼,黑鱼独自消失了。"好啦!今天就不玩了。妹妹你故意耍赖。"熊乾说道。

玄殊走过去,帮助熊乾擦干腿上的鲜血,然后用双手从后面紧紧地环抱着熊乾的腰,温柔地说道:"哥哥不要生我的气嘛!明明是你自己先使用黑白无影刀攻击我的。"

熊乾这才渐渐地消了气,然后,他安安静静地坐了下来,准备休息一会儿。

第十二章　争夺黑色木盒

再说玄菱偷走了黑色木盒,趁着沉重的夜色,一路向南狂奔。她将木盒子藏在金色的羽毛下面,在南海一座孤岛上面悄悄落地,迅速地钻进了一个巨大的山洞。

玄菱取出木盒,拿在手上,十分兴奋地端详了起来。她打开木盒,里面什么也没有,只见木盒上面有一条黑鱼,木盒下面有一条白鱼。

洞穴内黑漆漆的,但玄菱睁开丹凤眼向四周一看,发现洞内有两颗绿豆一般大小的红点,正十分紧张地看着自己。

玄菱立即张开凤嘴,对准远处的两颗红点喷了过去。突然,一股犀利的冷风像剑一样朝玄菱飞来,一条细软的、长长的、粉红色的舌头突然出现在她的眼前。

紧急时刻,玄菱身子一缩,迅速变身凤凰,她张开尖利的喙对准粉红色的舌头狠狠地啄了过去。

原来,粉红色的舌头不是别的,正是黑暗中的一条千年蛇魔的毒信。蛇魔名叫九尼,盘踞在南海孤岛上已经有5000多年了,正在潜心修炼魔法,一心想要修得正果,征服世界,独霸宇宙。

玄菱仓皇逃命,一不小心便自投罗网,竟然钻进了蛇魔九尼的洞穴。由于洞穴很大，九尼身长500多米，体重达2800公斤，他将自己巨大的身体高高地悬挂在洞穴顶部的悬崖之上，然后，只探出一颗像西瓜一样大小的头颅下来，闭目冥想，吐旧纳新，他修炼的是七阴大法。

　　玄菱的闯入立即打断了九尼的练功，他非常生气。刚开始，九尼还不能判断来者的真正意图，悄悄地躲在黑暗中观察着玄菱的一举一动，他根本就没有想到自己独霸南海上千年，竟然会有一只身穿花花绿绿的彩色鸟儿主动向自己发起进攻。

　　九尼迅速地将巨大的身体扭动起来，他先从悬崖顶部将蛇尾猛甩了过来，蛇尾直接攻击玄菱的面部。玄菱身子一缩，将头一低，躲过了九尼的蛇尾。

　　九尼第一招没有攻击成功，紧接着就猛吸一口空气，巨大的身体就像一根长长的圆木一样，从舌头到蛇尾发出一圈一圈绿莹莹的光圈，光圈迅速盘旋，在黑暗中画出了一个"8"字形，将玄菱牢牢地包围了进去。

　　玄菱无法展翅逃跑，只得张开利爪，直奔九尼的双眼而去。九尼将头一缩，躲过了利爪。

　　玄菱又张开凤嘴，朝九尼的面部喷出一束束炽热的火焰。这时，已经完全被激怒了的九尼也毫不示弱，他张开血盆大口，一股十分阴冷的寒气向玄菱袭来，玄菱的红色火焰竟悬停在半空中，火焰倒转，突然低垂、凝固，像一串串彩色琉璃球一样悬挂着，完全失去了威力。

"停停停，你究竟是谁？"玄菱大喊一声。

九尼闭上了嘴，也十分气愤地喊道："那你究竟是谁？胆敢来我的地盘上撒野！"

玄菱上气不接下气地说道："原来是一场误会呀！我还以为你是恶魔赫拉斯二百五十世和古尔丽派来抓我的呢！"

九尼问道："赫拉斯二百五十世和古尔丽是谁？"

玄菱回答道："他们是宇宙中最臭名昭著的大坏蛋，这个你还不知道啊？"

九尼摇了摇头，说："哈哈哈，什么样叫坏？往往说别人坏的难道自己就很好吗？我不那样认为。我看你一进来就鬼鬼祟祟的，快把那个黑色东西递过来吧！"

玄菱心里面咯噔了一下。她想：这个怪物竟然把我的一举一动都看得那么的清楚明白，难道他也对这个黑色木盒感兴趣吗？

这时，洞穴外面早已经翻云覆雨、天旋地转。自从玄菱手拿木盒钻出三星堆地下密室的那一瞬间起，赫拉斯二百五十世和古尔丽夫妇就感受到了木盒的出现，然后就一路狂奔，追杀了过来。

赫拉斯二百五十世和古尔丽这一次再也不想失手了。他们指挥着千军万马将洞穴死死地包围住，连一只蚂蚁都休想逃离。

玄菱和九尼对外面发生的情况还浑然不知。九尼问道："木盒里有什么？快拿给我看看。"

玄菱摇了摇头，说道："不能给你看，里面什么也没有。"

九尼哈哈大笑了起来，他说："既然里面什么都没有，那你干嘛还偷偷摸摸地藏着呢？"

玄菱将身子一弯，一把抓起木盒子便想迅速逃走。

"滚回来！休想从我的眼皮底下逃走！"九尼狂吼了一声，洞口的碎石哗哗地朝下滚落。

九尼张开大嘴，吐出长长的信子，对着洞口猛地吹出一股冷气，一道细长的白色水雾像利剑一样直奔玄菱的后脑勺而去。玄菱躲避不及，身子重重地摔在洞口的岩石上面，晕了过去。

赫拉斯二百五十世和古尔丽一直守在洞口，见玄菱从洞穴内飞奔而出，正要发起猛烈的攻击，玄菱却突然倒地。

赫拉斯二百五十世欣喜若狂，心想：这真是得来全不费工夫啊！他弯腰捡起黑色木盒，正要快速地离开。九尼像一条白色巨龙一样，箭一般地飞了出来，在高空中突然身子一转，盘旋飞舞,口喷冷气,将赫拉斯二百五十世和古尔丽夫妇紧紧地包裹在了一起。

九尼十分愤怒地吼道:"哪里来的妖魔?竟敢来我的地盘上撒野!"

赫拉斯二百五十世和古尔丽夫妇见是一条巨蟒,也不多说废话,迅速地展开突围,因为他们的目的就是要抢回黑色木盒,将其拿回去认真修炼。

九尼将滚圆的身躯不停地翻飞、扭曲、收紧。赫拉斯二百五十世和古尔丽被挤得像两根细葱一样,不停地挣扎,想尽快逃脱出去。

九尼一边收拾两位不速之客,一边张开大嘴,对准玄菱猛吹了一口气。玄菱顿时苏醒了过来。她看见赫拉斯二百五十世高举的双手紧紧地拿着黑色木盒,便腾空而起,张开利爪,径直朝赫拉斯二百五十世的头颅抓去。

赫拉斯的部队也毫不示弱,他们见自己的主子终于抢到了木盒,都纷纷包围了上来。

九尼不停地裹紧身子,坚决不准赫拉斯二百五十世和古尔丽逃走,一边又张开大嘴,和赫拉斯的部队进行战斗。

玄菱使出了全身力气,想把黑色木盒夺过来。但是,就在她即将成功的那一刻,狡猾的赫拉斯二百五十世突然打开了木盒，只见黑白两条鱼突然腾空飞跃，在天空中划出了两道犀利的闪电，然后黑鱼和白鱼张开大嘴，呈逆时针飞舞，将九尼和玄菱包围了起来。

赫拉斯二百五十世嘴里不停地念着咒语，黑白双鱼在咒语的引导下，不停地旋转，不停地变大。最后，双鱼突然合体，化作一道影子，对准九尼的头部重重地一击。

九尼躲避不及，整个身子一软，像一团松散的毛线一样，从半空中掉落下来。

玄菱赶紧飞扑了下去。她张开凤爪，箭一般地去救九尼。

赫拉斯二百五十世和古尔丽夫妇停止了咒语，黑白双鱼迅速钻进了木盒。赫拉斯二百五十世关上黑色木盒的盖子，带领着他的大部队朝停留在太空中的宇宙战舰飞奔而去。

玄菱死死地抓住九尼的头，在空中努力地展开翅膀飞翔，她想将九尼沉重的躯体拖至南海的上空，好让他掉入蔚蓝色的大海之中，只有这样九尼才有活过来的希望。

玄菱知道，九尼的伤势严重，而这一次劫难本来就应该是自己来承受的，没有想到，自己的一次鲁莽冲动，就导致了九尼遭受误伤，她发自内心地感到十分的难受。

玄菱终于将九尼长长的躯体拖进了大海。她张开嘴巴，轻轻地放下笨重的九尼，让他慢慢地沉了下去。

玄菱的嘴角渗出一滴滴鲜血，她第一次发现自己竟然有这么大的力气，九尼的体重至少是她自己的几百倍重，自己仅靠一张小小的凤嘴叼起九尼，自己都不知道究竟是怎么做到的。

玄菱在大海的上空盘旋飞翔了几圈，她朝蔚蓝色的海水深处俯瞰了一眼，发现白色躯体的九尼静静地躺在大海底部，一动也不动，没有一点儿呼吸的迹象。

玄菱哭了。她一会儿俯冲，一会儿高飞，不停地冲海底的九尼吼叫。

九尼还是一动不动，没有任何反应。玄菱的脑海里面这才想到了父亲，想到了平常陪父亲下棋时候的各种场景。有一次，玄菱下不过父亲，就抓起一把白子扔在棋盘上面，然后痛哭流涕，耍起了无赖。父亲没有生气，只是笑呵呵地看着女儿。父亲问玄菱："你陪我练了这么久了，为什么没有妹妹沉得住气呢？"玄菱反问道："为什么要分黑白棋子？要么全黑，要么全白！"父亲摇了摇头，哈哈大笑，然后对她说道："黑白之道藏于心，这个世界上根本就没有全黑和全白！孩子啊，等你长大了就会悟出其中的道理。"

玄菱思考了一会儿，父亲当时说这话时的眼神不停地在脑海里面闪现。她悟不出什么道理，不明白自己费尽心思抢走木盒，究竟想做什么。

心高气傲的玄菱，此时却灰心丧气，不禁为自己的自私和鲁莽深深地后悔。可自己实在没有勇气回去面对父亲，面对大姐，面对拉克勒。

她独自在海面上空盘旋了一阵后，便昂起头，直冲云霄。她要冲破乌云，她想逃到一个更远的地方。

就在玄菱展开巨大的翅膀，用力猛飞，准备化身火凤凰的时刻，天空中突然飘过一团彩色的祥云，祥云上面漂浮着一个巨大的、圆形的飞盘，飞盘上站着一只雄鹰，威风凛凛，正是父亲玄无，飞盘上还有另外两只凤凰，分别是玄蒲和玄家姐姐，他们循着玄菱的踪迹而来。

玄菱心灰意冷，见到父亲和两个姐姐，便急速逃跑，她以为父亲和姐姐是来捉拿她回去接受惩罚的。

只听父亲玄无喊道："孩子，你要往哪儿去？快停下！"

姐姐玄蒲和玄家也同时喊道："妹妹，不要跑，快回来！父亲没有怪你！"

玄菱回头望了她们一眼，这才放慢了飞行的速度。

金色飞盘"嗖"地一声便停在了玄菱的脚下，玄蒲和玄家立即跑过去，将玄菱紧紧地抱住，生怕她再次飞走。

玄菱见到两个姐姐和父亲，内心羞愧难当，她为自己的自私和鲁莽而感到害怕。

此时，玄无的内心是十分复杂的。他既疼爱自己的四个女儿，同时又十分严厉，知道玄菱已经违反天规，必须受到惩罚。这一次，女儿玄菱偷走黑色木盒，他刚开始是十分生气的，甚至还发誓要捉拿玄菱回去严惩示众，以儆效尤。但从三星堆一路赶来的过程中，自己也在痛苦地反省和思考：难道问题仅仅出现在女儿的身上，自己就没有一点责任？

玄无走到女儿玄菱的身旁，慈祥地注视着她，然后伸手拥抱着女儿。他说："你这次做的错事，就像你扔掉棋子一样的愚蠢！"

玄菱泪眼迷茫地抬头望着父亲，哭诉道："爸爸，我错了。我的心里是不是有一个魔鬼？"

玄无点了点头道："是的，你的内心深处长期盘踞着一个魔鬼！那个魔鬼是有颜色的，一会儿白色，一会儿又变成黑色，这黑白二魔日夜困扰着你，让你不得安宁。"

玄菱点了点头道："是的。我摆脱不了对权力的占有，也摆脱不了对欲望的控制，更摆脱不了对多维空间的向往。"

玄无笑了笑，问道："木盒是不是丢失了啊？"

玄菱低头不语。

玄蒲和玄家相互对望了一眼，知道木盒早就被赫拉斯二百五十世抢走了。

玄无说:"其实,那个黑色木盒没什么用处,里面什么东西都没有。不过,上面的两条鱼你是看过了的,奥妙就在那两条鱼儿身上,你能够牢牢地记住他们的形状吗?"

玄菱点了点头,表示自己确实已经看过了上面的两条鱼儿,自己也已牢牢地记住它们的形状。

玄无说:"那就好,以后每当你内心迷茫的时候,就开始回想一下黑白双鱼,就像我教你们下棋的时候那样,静静地思考,心中勾画黑白双鱼的形状,脑海里面幻想鱼儿游动起来了。那样,你们自己就能够打破固有的思维,创造出更加伟大的奇迹!或许还能够主宰整个宇宙!"

玄菱听后,一副似信非信的样子。此时,她的脑海里面什么也没有,只有蔚蓝色海水里面那一条九尼,就期期艾艾地说:"父亲,请你救救九尼吧,他是因我受伤的。"

玄无说:"女儿,世上事有因才有果,九尼是因为你受的伤,只能你去救他了。"

玄菱说:"我武功低微,法力不够,怎么能救他?"

玄无说:"你不是看过木盒上的修炼办法吗?你可以照着练啊!"

玄菱开始想象起了黑白双鱼,幻想鱼儿正在大海里面游动。两条巨大的鱼正在呈逆时针方向围绕着九尼旋转。

此时，一股强大的龙卷风突然在海面上生成，巨大的力量卷起惊涛骇浪。

玄蒲和玄家低头朝下面一看，只见海底一条巨大的白鱼正在追逐一条黑鱼，双鱼再次在蔚蓝色的海底呈现。在黑白双鱼的中间，隐隐约约躺着一条白色的巨龙，一动也不动。

玄菱紧闭着双眼，脑海里面不停地涌现着双鱼游动的画面。黑白双鱼越游越快，不一会儿就黑白融合，只见一团影子将九尼紧紧地包裹住。

躺在海底的九尼醒了，打了一个喷嚏，海水顿时上下翻滚起来。

九尼摆了摆尾巴，将头高高地抬起，他想游到水面上去看一看，但他的笨重的身躯还不能自由地动弹。

九尼开始闭目静心，然后他张开大嘴，朝自己身体受伤的地方喷了一口冷气，水面下冒起了一股白烟。一条白色的巨龙直冲水面。

玄无看得真切，女儿的一举一动他都尽收眼底。他知道，女儿此刻的内心世界里全部都是海底的那一条白龙，尽管九尼长得很像一条巨蟒，但女儿肯定心里面早已喜欢上了他。

九尼冲出水面，在空中划出了一道优美的弧线，然后围绕着飞盘上面的几个人好奇地打量了一番。他略带怒气地问道："这里是南海，为什么今天来了这么多的不速之客？"

玄无笑呵呵地回答道："白龙先生，打搅你啦！我们确实不是有心的。还怪小女鲁莽行事，不小心冒犯了你的领地，咱们这就离开。"

九尼看了看飞盘上面的玄菱，又看了看大家，感觉他们似乎没有什么敌意，胸中的怒气也就一点一点地消了。他对玄无说道："刚才是谁救了我？我必须得感谢！"

玄无耸了耸肩，摊开双手，摇了摇头说："我什么也没有做，是你百炼成仙了，自己就从海底复活了过来。"

九尼似信非信，他朝玄菱看了一眼，只见眼前的这只大鸟更加光彩照人，脸颊绯红，正含情脉脉地看着自己。他立刻就明白了肯定是她救了自己。

九尼十分礼貌地绕飞盘飞了几圈，然后像一团白云一样径直朝那座孤岛飞了过去，一头钻进了洞穴深处，再也没有出来了。

玄菱默默地流着泪，双眼一刻也不离开孤岛上面的山洞。她知道，自己再也不能进入那个洞穴里去了，她要随父亲和两个姐姐回到三星堆，去过属于自己的生活。

玄无悄悄地朝玄蒲和玄家使了个眼色，示意她们赶快打道回府。他理解女儿的心思，但他又不能心软，不愿让女儿在那座孤岛上终身去陪伴着白龙。

玄蒲和玄家各自牵着妹妹的手，在金色飞盘上面稳稳地站定，飞盘慢慢地开始旋转，在天空中划出了一道五颜六色的彩虹。然后，飞盘一路向北，径直朝三星堆的方向飞了回去。

第十三章　玄殊不辞而别

玄殊睁着大大的凤眼，静静地坐在熊乾的身边，看着他酣畅地入睡。

玄殊对着睡梦中的熊乾柔声说道："熊乾哥哥，我真的不是故意的，我也知道你想着我，就像我想着你一样。可惜我也不能和你厮守一生，你是第一个发现黑色木盒的人，你才是那个上天委以重任的英雄，你有着特殊的使命。"

玄殊说完，便起身为熊乾轻轻地盖上了一条彩色羽被，为他准备了一些食物，然后悄无声息地走出了地下密室，趁着夜色，幻化成一只七彩凤凰，朝着西边的天空飞去。

熊乾一觉醒来，睁开双眼，喊了几声玄殊的名字，却没有回音，四周又漆黑一团，伸手不见五指，寂静无比。他从石床上面一骨碌坐了起来，翻身下床，开始在密室里面到处摸索。他摸到了一堵冰冷的石墙，石墙上面凹凸不平，像是刻画了各种各样的动物图腾。他搞不懂那些图腾究竟代表着什么意思，但他依然没有放弃摸索。

密室很大，熊乾在里面兜了两三个圈子后，依然没有找到玄殊和走出密室的大门。他感到十分焦急，也很气愤，心想：这个女人，也真的很不靠谱，两个人好好的在一起，在一起聊天练功,她怎么会一声不吭就走了呢?

黑暗中,熊乾使劲举起双拳,十分生气地敲打着石壁,并用头猛撞。突然,石壁上面刻画的一个动物似乎轻轻地动了一下,接下来又动了一下,最后"哗"地一声,石墙的另一边也掉了一大块石头下来。熊乾被吓了一大跳,他立即屏住呼吸,仔细聆听了起来,他发现密室里面有动静。仔细一听,刚才掉下石头的地方,竟然传来了轻微的脚步声,原来是石壁上面掉下来的两个动物图腾开始朝他走了过来。熊乾大气都不敢出,也不敢呼吸。他双目圆睁,张耳细听,在黑暗中小心地辨别着那声音移动过来的方向。突然,只听见石壁上所有的图腾都开始哗哗地掉落,发出巨大的响声,而且数量越来越多,声音也越来越大,所有的石头图腾迅速分开,在密室里面形成了两股力量,呈逆时针方向飞快地旋转了起来。

熊乾刚开始还被吓得浑身发抖,他以为自己将彻底完了,生命也就此终结。他想:还是算了吧,反正都是死,何不干脆死个痛快。他闭上眼睛,举起双手横挡在胸前,然后屏住呼吸,气沉丹田,准备在那声音靠近自己的身体之时,做最后一搏,同归于尽。那声音越来越近,距离他仅有一步之遥了。渐渐地,他开始凭借听力辨别究竟是些什么东西在室内飞奔。他将双眼睁得大大的,眼前什么也没有,只有一阵阵嗖嗖而过的风声，但他隐隐约约感觉到是一黑一白两群鱼正在绕着他飞奔。而那黑白鱼群似乎十分理解熊乾目前的处境，并不对他发起攻击，只是不停地将熊乾裹紧，并利用鱼群的力量将他一点一点地朝着同一个方向推动。熊乾彻底镇静了下来，他想：难道奇迹又会发生在自己身上吗？那石头鱼群推动自己移动的方向，会不会就是密室的出口呢？

鱼群推动着熊乾一点一点地朝前移动。熊乾小心翼翼地顺着鱼群的力量迈着脚步。他感觉前面竟是一条长长的石壁通道，有好几百米，但他仿佛走了很久很久都没有尽头。

熊乾走过石壁通道，又下了三百多级石梯，终于才听到洞穴深处传来空旷的回声，而且，他的头顶上还传来了水滴落下的响声。

熊乾想：难道自己又被带进了另一个巨大的洞穴了吗？难道这个漆黑的洞穴里面还有水吗？

那石头鱼群继续裹挟着熊乾，引导着他一步一步地朝下走去。突然，熊乾的左脚踏进了水里，顿觉冰冷刺骨。他立即驻足，想收回踏进水里的那只脚，可惜已经晚了，鱼群接近了水面变得更加活跃，那股裹挟着熊乾的力量竟然比先前大了好几倍的样子。很快，冰冷刺骨的水便淹没了熊乾的脖子，他被迫随着鱼群潜入了水潭，自己也像一条鱼儿一样轻飘飘地游动了起来。

他不停地游,也不知道究竟游了多久,仿佛那个洞穴深不见底,耳边也是寂静无声,就像在穿越传说中的宇宙黑洞一样。

鱼群知道熊乾不会游泳,便慢慢地从深水下面浮出,仍然不停地旋转,将他笨重的躯体轻轻地向上托起,像一艘飞旋的小船一样在黑暗中驶向远方。

水中也并不平静,有虾兵蟹将,有乌龟王八,还有巨蟒龙王,他们都一起列队,眼巴巴地望着风光十足的熊乾从自己的身边驶过。一条白色的巨蟒不服气,从水底下突然昂起头来,张开大嘴挡住了熊乾前进的路,却被黑白鱼群突然划过,蟒头瞬间便沉入水底,鲜血染红了水面。见此情景,先前还很是不服气的王八也就只好不停地拍手送行了。

熊乾在冰冷的暗河里也不知道究竟穿行了多久,他也就懒得去想了,反正现在是身不由己了,那就随便漂吧。突然,熊乾的眼前闪过一丝光亮。他以为那发出红色亮光的地方应该就是洞穴的出口了。但是,当他被鱼群载着飞奔近那个光点的时候,竟倒抽了一口凉气,他吓得差一点儿就大喊救命。原来,那发出红色亮光的地方,竟是地底下滚滚奔涌的岩浆。

他脑子飞快运转,心想:奶奶的,难道我正在穿越地心吗？这真的是刚刚才逃出鬼门关，又要让我下地狱去。他下意识地举起双手抱着自己的头，嘴里不住地嘀咕道："肯定完了，肯定完了。"他便闭上眼睛，脑子里一片空白，心想：只好听天由命了。

玄殊的身影在脑海闪过，熊乾再也控制不住不去想一切过往。他寻思："此刻，要是玄殊妹妹也在身边的话，即使立即死掉，那也决计不会感到可怕的。只是，现在一个人竟这样稀里糊涂地死去，显然是白活了一世了。可惜，可惜，真的是太可惜啦！马上就要和她阴阳两隔了。"

想到这里，熊乾突然伤心了起来，眼泪止不住地涌了出来。他大吼一声："玄殊，你究竟在哪儿？我要死啦！"

他这一声大吼，竟然让整个鱼群都停止了下来，一动不动，重新恢复到了十分寂静的状态。

熊乾慢慢地睁开双眼，一道刺眼的亮光射进眼眶，他惊喜地发现自己已经出了洞穴，眼前黄灿灿一片，到处都是一眼望不到尽头的金黄色沙丘，山丘像鱼鳞一样，一片连着一片，一直和碧蓝的天空连接在了一起。

鱼群也消失了，只剩下他孤苦伶仃地站在沙漠的中央。他不停地转动着身子，然后再看看脚下，怎么也想不出来自己究竟是从哪儿来的。

熊乾仰望苍穹，太阳红着脸，正在缓缓地下沉。天空中，一只灰色的老鹰正在他的头顶上盘旋。

那只老鹰不识时务地围着熊乾盘旋了一阵，然后做出了令熊乾都意想不到的事情来——它直直地猛烈俯冲了下来，两只锋利的鹰爪直奔熊乾的双眼而去。熊乾下意识地举臂一挡，双手在半空中左右一比划，只听得"嗖"的一声响过，一道亮光一闪，无影刀竟一下子将那只老鹰劈成了两半，使其从半空中坠落在黄沙上面，鲜血直流。

熊乾踢了一下老鹰的尸体，然后活动了一下双脚，这才慢慢地迈开腿，准备爬上最高的那座沙丘，去看看能不能找些吃的来，先填饱肚子再说。

熊乾这是第一次看见沙漠，也是第一次身陷沙漠腹地，他还不知道沙漠对于他来说究竟有多危险，但是，他的内心深处拥有了爱情，玄殊是他所有的力量源泉。还有父亲和弟弟熊坤，已经很久很久没有见到他们了。

熊乾朝着落日的方向，一步一跌倒地艰难地迈动着脚步。他深一脚浅一脚地挪动着躯体，想尽快赶在太阳落土之前能够登上前面那座沙丘之巅。

沙漠中并不是寸草不生，偶尔也还有一丛丛沙棘，在茫茫黄沙之中傲然挺立。熊乾走累了，就在一丛绿色的沙棘旁边走一会儿,沙子软绵绵的,温暖舒适。他歇一会儿又走一会儿,心里面却始终在幻想着能够早日找到自己心爱的玄殊妹妹。

像一个火球一样的太阳终于快要沉入天际,晚霞倒映在金色的沙漠上面,光影跳跃。那血红色的太阳将熊乾的身影拉得很长很长。

熊乾还没有抵达那座沙丘,天空就漆黑一片了。他突然又回想起了自己身处密室里面的情景,黑暗对于他来说再一次袭来。远处,一声凄厉的饿狼的嚎叫声传来,令人毛骨悚然。

他知道,自己马上又会遇到危险。他立即停止了脚步,坐在沙子上面,侧耳聆听着狼群的动静,就像先前刚遇到石头鱼群那样,屏住呼吸,一动不动地环顾着四周,这才发现天空中早已是繁星闪耀了,密密麻麻的星星正睁开大大的眼睛俯瞰着他,星空像一床巨大的被子一样笼罩着沙漠。

熊乾正在纳闷远处那些星星怎么会移动呢,仔细一看,竟吓出一身冷汗来。原来,那些一闪一闪的星星竟是群狼的眼睛,红红的,亮亮的,正发出犀利的光芒。

熊乾揉了揉眼睛,发现走在最前面的头狼,高大、威猛、健壮,两只前爪着地,头颅低垂,尾巴高高地翘起,不停地左右摇晃着,并露出满口尖利而雪白的牙齿,嘴里发出威严的号令，正指挥着几百头饿狼将他团团地包围住。

熊乾还从来没有遇到过规模如此庞大的狼群。他已经意识到了此时此刻自身的严峻处境，心想：他奶奶的，自己刚刚才脱离了地狱，却又入了狼窝，难道我真的就气数已尽了吗？可是，可是密室墙壁上面的那一群该死的鱼群为什么要将自己带到这个鬼地方？偏偏要让我来白白地送命。

他开始冷静起来。他想：这一切，说来十分蹊跷，先前在石壁里面，是因为我一时找不到玄殊而痛哭流涕，猛捶猛撞了石壁，石壁上面的石头鱼才跳下来，引领自己到了这儿。那么，这一切应该是有联系的。如果不出意外的话，这个茫茫沙漠肯定和玄殊有关。

他想：玄殊会不会就在这里呢？狼群会不会将她吞噬了呢？熊乾想到狼群有可能早已吃掉了玄殊，心头一惊，浑身便打了个冷战。他既伤心又愤怒，泪水顺着脸颊簌簌而下。

群狼的包围圈越来越小，越来越接近熊乾了。所有的狼都肩并肩地围成了一个圆圈，里三层外三层地摆好阵势，密密麻麻的，一眼望不到边际。

熊乾站在狼群的中心，他环视了一周，然后，再慢慢地转过头来，双目圆睁，怒火冲天。他想：在竹林的时候，咱一个大家族在一起也是蔚为壮观，没有谁敢像今天这样对待我的。哼，要是重新让我回到熊群，我一定要认真地向父亲讨教讨教武功，练就一身铁打不穿的躯体来，看你们这些狼心狗肺的能够把我咋样？此刻，他的脑海里又重新闪过玄殊漂亮的身影。他回想起来自己和玄殊在密室里面亲密修炼的情景，顿时浑身便充满了能量。他想到了黑白双鱼，也想到了无影刀的威力。

突然，头狼昂首嘶鸣，发出了几声尖利的嚎叫，其他所有的狼都也昂起头，张开嘴，露出雪白而恐怖的狼牙，齐刷刷地朝着天空大声地吼叫。

凭着直觉，这是头狼已经发出猎杀自己的号令。他慢慢地蹲下身子，在沙漠中席地而坐，双手抱在胸前，闭目冥想，两条巨大的由无数小鱼儿组成的大鱼阵穿越了熊乾的思想，从他太阳穴的两边涌了出来，在狼群的头顶，形成了两条巨大的鱼，双鱼遨游飞旋了起来。

群狼也颇感吃惊，它们纷纷抬起头，仰望着天空中的鱼群，呲牙咧嘴，眼露凶光，发出阵阵怒吼声。

熊乾干脆闭上眼，左手心朝上，右手心朝下，突然一旋转，天空中的黑白鱼群"啵"的一声轻响，天空中顿时亮光闪闪，一只巨大的乳白色圆盘飞速坠落，瞬间便在狼群中消失殆尽。

头狼双腿一蹬,伸出前爪向半空中一跃而起。可是,无影刀还是抢先一步,割下了它的狼头,鲜血汩汩直流,狼身依然腾在空中,兀自保留着进攻的姿势。其余的饿狼仍呈攻击阵型,向着熊乾端坐的地方像潮水般猛扑过来,冲在最前面的几百头狼距离熊乾仅仅不到半米远的距离,只听得无影刀"嗖嗖嗖"地响过后,那凶猛的狼群便纷纷倒地,狼头掉了一地,鲜血染红了沙漠。

熊乾杀掉了所有的狼,这才慢慢地睁开双眼。他从沙地上站了起来,拍了拍身上的细沙,环顾四周,确信再也没有什么危险过后,这才一脚踢开还保持着站立姿势的头狼的狼身,迈开大步,径直朝着沙漠深处走去。

此时已是午夜,天空中一片漆黑,北斗七星正眨巴着眼睛,银河像一把利剑一样横亘在沙漠的上空,牛郎和织女星正在缓缓地移动,月亮早就躲得不知踪影。

熊乾真的困了,他躺在柔软的细沙上面,仰望着璀璨的银河,看着牛郎织女即将相会,心头不免涌起来一股暖意。他惦记着玄殊,期待着和她也像牛郎织女那样,能够早日相会。

熊乾饿得实在不行了,他从沙地里爬了起来,只感觉眼冒金星,嘴唇干裂,嗓子眼里像要冒火似的。他想,现在最紧要的不是别的,一定要先找到吃的再说。

熊乾冷静地遥望着夜色下的沙漠，思考着自己该怎么才能够找到水和食物。

他抬头望了望繁星密布的夜空，回想起了自己曾经在竹林深处玩耍的情景。他还记得小时候父亲教过自己怎么认识星空，怎么辨别方向，他顺着北斗斗柄所指的方向艰难前行。

大约走了两三个小时过后，熊乾实在是走不动了，他一头栽倒在了黄色的细沙之中。

一棵绿色的沙棘从沙底下慢慢地冒出头来，渐渐地长大长高。在夜风的轻抚下，沙棘抚摸着疲惫不堪的熊乾。

沙棘努力地从沙漠深处吸收着水分，枝叶上面流出了一滴滴细小的水珠，水珠慢慢地滴落在熊乾的嘴上。沙棘的每一根枝条上都开满了淡紫色的鲜花，散发出淡雅的香。

昏迷中的熊乾舔了舔嘴唇，然后咧开了嘴，任凭沙棘枝叶上的水珠滴进嘴里。他做了个梦，梦见玄殊正在温柔地亲吻着他。他拥抱着不辞而别的玄殊，诉说着离别后自己的各种遭遇。玄殊也很思念熊乾，不停地流着眼泪，将头埋进熊乾的怀抱，正在嚎啕大哭。

十几个小时过后，熊乾才渐渐地苏醒了过来。他睁开双眼，发现身边竟被绿色包围，七八株绿油油的沙棘环抱着自己。他早就饿得前胸贴后背了，也顾不得那么多了。沙漠中，除了黄沙，就只有沙棘了。他张开大嘴，将一株株沙棘连根拔起，开始胡乱地嚼了起来。

尽管有点苦涩，难以下咽，但是，熊乾还是狼吞虎咽地吞下了所有的枝条，甚至连沙棘的根都没有放过。

一道流星划过夜空，像一把白色的利剑插进了沙漠，沙漠里顿时发出了尖利的呼啸声。熊乾望着流星消失的方向，不解地挠了挠头。他感觉很是奇怪，为什么那颗流星的威力看上去有那么厉害呢？难道沙漠也赋予了流星无穷的力量吗？

熊乾稍微休整了一会儿，又迈开脚步朝前走。他想尽快走出这该死的沙漠，好寻找到他日思夜想的玄殊。他刚走了不到几步，天空中突然又划过七颗流星，像七把锋利的宝剑从天空中直插沙漠的心脏，其场景十分壮观不说，流星从熊乾的头顶上呼啸而过，发出嗖嗖嗖的巨大响声。

七颗流星形成的巨大的宝剑，直指一个地方坠落。熊乾先是感到一阵恐惧，渐渐地，他像是明白了什么似的，心头一喜，浑身便充满了喜悦和力量。

"玄殊，玄殊，你在那里吗？"熊乾朝流星坠落的方向大声地喊了起来。

他直奔过去，脚下的黄沙竟然旋转了起来，形成了一个巨大的沙盘，将熊乾高高地托起，朝着远方飞旋而去。

　　站在沙盘上面的熊乾俯瞰着夜幕下的沙漠渐渐地离自己远去了，远处出现了一座巨大的山脉，山脉的中间露出四个尖尖的山峰，山峰上面白雪皑皑，云遮雾绕。一股阴森森的冷气直逼脊梁。

　　沙盘停在了山脚下，然后黄色的细沙散落一地。熊乾抬起头，仰望着大山，浑身便打了个冷战，只见正中间最高的那一座山峰，光秃秃滑溜溜的，上面寸草不生，山峰直插云霄，根本就看不到山顶。别说玄殊，就是她父亲玄无也无法独自飞越这一座大山。

　　就在熊乾感到十分绝望的时候，山顶传来了一声巨大的风鸣声。

　　"玄殊，是你在叫我吗？"熊乾一骨碌从地上爬了起来，再一次仰头呼唤。

　　他一边喊一边开始攀爬，手脚并用，头顶上不住地有碎石滚落。此刻，熊乾并不害怕，也感觉不到什么危险了。他想，玄殊肯定就在上面。

　　熊乾爬到了半山腰，突然一阵巨大的轰鸣声像是从地底下发出来似的，他抬头一看，只见一团团白雪正在朝自己迅速地袭来。"上面发生了雪崩！"熊乾这样想着，下意识地朝旁边一块悬崖飞身扑去,然后整个身子重重地落在了悬崖的边儿上。

雪团哗哗哗地崩落,从熊乾的身边擦肩而过。他望着悬崖下的万丈深渊,感觉大地在颤抖,悬崖也开始"咔咔咔"地慢慢断裂,只听见轰隆隆几声响过,熊乾随着那块巨大的悬崖一起向下坠落。

就在快要坠入深谷的那一刹那,熊乾感觉到一阵轻飘飘向上升腾的感觉。他低头一看,这才发现自己正死死地抱住的那块巨石竟然变成了一只黑褐色的飞盘,飞盘的中央有一黑一白双鱼图案,正在托起他的身子缓缓上升,朝山顶飞去。

飞盘将熊乾载上了山顶,他放眼一望,四处白雪皑皑,了无人烟,没有任何飞鸟走兽的踪迹。山顶上除了他和那块黑褐色巨石以外,没有其他的可以动的东西。

熊乾独自坐在巨石上面,苦恼至极。他大声地叹息了一声,心想自己终究是找不到玄殊妹妹的了。他想自己何不趁此机会回到竹海里去,和熊猫家族一起快快乐乐悠闲自在地生活一辈子,也不算是白活了一回。况且,这一次走出竹海,独自出来闯荡世界,也增长了不少的见识,并开阔了眼界。

他左思右想思考良久,没有见到玄殊妹妹,心里还是有很多的不甘,就从巨石上面翻身而起,大声地吼道:"玄殊,你在哪儿？再不出现，我就要回到竹海里面去啦！"吼完，他用右脚重重地在巨石上面猛跺了几下，然后就准备起身下山，重新回到蜀南竹海，去和父亲以及所有的熊猫兄弟们团聚了。

　　想到父亲和弟弟，心里不由一阵阵痛，爸爸是要熊乾和弟弟一起出来历练的，没有了哥哥在身边，弟弟在做什么呢？

第十四章　熊乾寻找玄殊

突然，轰地一声巨响，巨石下面的积雪开始坍塌，熊乾随巨石一道直往下跌落。原来，巨石的下面是空的，被厚厚的积雪覆盖凝固成了一个冰盖，被熊乾用力一踩，冰盖就被踩破裂了，露出了地底下的一个巨大的深洞。

熊乾进入了洞穴，里面漆黑一片，他摸索着朝前走，双手摸到一只冷冰冰的石环。他抓住石环，不停地左右摇摆，然后又上下扭动。

熊乾曾经在三星堆密室里面就遇到过这样的洞穴密门，门上也是石环。他试着要打开石门，想一探究竟。然而，他独自在黑暗中鼓捣了好一阵子，石门都无法打开。熊乾灰心丧气地停止了扭动石环，将整个身子斜靠在石门的上面，想静静地休息一会儿再说。

熊乾背靠着石门，双手抱膝，将头紧紧地贴在石环上面的时候，整块石壁竟吱嘎嘎地响了起来。熊乾连忙起身，面对着石壁。一道巨大的厚厚的石门缓缓打开了，里面是一座巨大的金碧辉煌的大殿，大殿的正中央端端正正地摆放着一个银色的宝座，宝座上面已经布满了灰尘和蛛网。大殿里面到处是白骨。熊乾想，这里显然是曾经发生过一场大的杀戮。

他从一个头盖骨上面抽出一把锈迹斑斑的短剑，小心翼翼地拿在手里，借着大殿顶部透进来的一丝光亮，仔细地端详了一阵，却始终看不出什么名堂来。他扔掉锈剑，然后迈开双脚，踏着一堆堆横七竖八的白骨，朝大殿里面走去。转过一道石头屏风后，他进入了大殿后面的一个密室，只见密室的墙壁上挂了一幅飞鸟图，图上也布满了蛛丝和厚厚的灰尘。

熊乾仔细端详了一阵图上的飞鸟，十分眼熟，但又不敢确定自己在何处见过。他伸手拍了拍脑袋，这才想起自己是寻找玄殊而来，才误入洞穴的啊。难道，难道这幅布满灰尘的图里面的飞鸟就是她吗？如果真的是她曾经在这里逗留过的话，那么，此刻的她又在何处呢？

想到这里，熊乾的内心一阵激动。他伸手将画上的蛛网抹掉，然后用嘴朝上面吹了几口气，将上面的灰尘吹干净，伸手取下了那幅画像。

熊乾刚取下墙壁上的飞鸟图，室内便闪过一道亮光，四壁上荧光闪烁，一只巨大的凤头便在墙壁上面显现了出来。他定睛一看，正是玄殊的头。

熊乾急忙飞奔了过去，双手紧紧地搂抱着墙壁上面的凤头，大声地喊道："玄殊，玄殊，你怎么啦？快告诉我，你究竟怎么啦？"

听到声音，玄殊这才缓缓地睁开了凤眼，目光呆滞地看了看熊乾，告诉他："熊哥哥，你怎么找到这里来了啊？你不要管我，赶快逃离这里吧！再不逃走就来不及了！"

熊乾泪流满面，冲她摇了摇头，说："我不走，我要救你出去！"

玄殊摇了摇头，说："你救不了我的，我的整个身子都被这座大山死死地压住了，只留了头在外面，暂时可以呼吸而已。其实，我早就死了，我在接受宇宙的惩罚，我不应该和你一起修炼黑色木盒上面的秘籍的。"

熊乾用力地捶打着玄殊四周的石壁，那石壁完全是深褐色的花岗岩，坚固无比。他大声地喊道："不，你和我同修同练根本就没有错！在竹林的时候，我曾经听我父亲说过，黑是阳，白是阴，一黑一白，一阴一阳，只有阴阳融合，方为一切力量的本原。"

玄殊劝道："熊哥哥，自从我第一天看了那只黑色木盒上面的字后，我就知道我终究会受到惩罚的，没有想到，这惩罚会来得这么快。你还是赶快离开吧！我不想再把你也牵扯进来，你才是宇宙未来之主，还有很多的任务需要你去完成。就请你早日忘掉我吧！"

"不！不！不！我绝对不会丢掉你不管的！"熊乾大声地

喊道。他一边流泪，一边发疯般地捶打着冰冷的石壁。

这时，一道闪电瞬间划破天空，玄殊惊慌失措地冲熊乾喊道："乾哥，你赶快逃命吧！他来了，你就逃不脱了。"

这时，一团血红色的火球从阴沉的天空中坠落，径直朝着熊乾的头顶上滚来。

熊乾立即抬头，起身躲避。但为时已晚，那团血红色的火球将熊乾紧紧地包裹住，肆意地用火苗舔舐着他的皮肤。

熊乾痛得在地上直打滚，但那火苗竟越滚越烧得旺。

血色火球厉声吼道："熊乾听着，你是第一个拿到那只黑色木盒的人，本应该是宇宙之主，但你竟然违抗天命，故意和一只毫不相干的大鸟同练秘籍，按照规矩你应该立即被处死，念在你不是故意为之，所以，我们就只惩罚了这只不知天高地厚的大鸟，没有想到今天你还要来多管闲事，搭手相救，那我就只好连你也一起处罚了！"

"不！不！不！我这不是多管闲事，如果没有了玄殊，那我活着又有什么用呢？"熊乾大声地反抗道。他身上的烈火越烧越旺，火苗窜起来几十丈高，烧得整个洞穴里面的石壁滚烫通红。

玄殊看见熊乾被烧，痛苦地哀求道："熊哥哥，你答应他再也不管我了吧，要不然，你将被活活烧死的。"

熊乾冲玄殊吼道："不！我一定要救你出去！除非我被烈火烧死了，咱们就一了百了吧！只要我还有一丝性命，我就不会放下你不管的。"

玄殊听熊乾这么说，心头也十分感动，凤眼含泪，她大声地问道："熊哥，你说，现在需要我为你做一些什么呢？我也豁出去了！反正，我这条命迟早也要丢掉的，还不如趁今天和你同生共死！"

熊乾听了玄殊的一番话后，心头一热，十分温暖，他回想起自己和玄殊妹妹在密室里面同修同练的情景，脑海里面突然就开始冥想起了黑白双鱼。他灵光一闪，自己何不将已经修炼成的秘籍用一用呢？他冲玄殊吼道："妹妹，快冥想白鱼！"

玄殊一听，立即就明白了熊乾的意思。她立即闭上凤眼，大脑里开始冥想白鱼。可是，她一急，脑海里面就是乱的，白鱼始终就不出现。熊乾冲她喊道："静心，一定要静心冥想。"

玄殊做了一个大大的深呼吸，然后再次闭上双眼，让刚才还砰砰乱跳的心脏重新平复下来。大约过了十几秒钟，白鱼开始呈现，在火球上面上下游动。

白鱼正在寻找黑鱼。熊乾冥思了一会儿，黑鱼也呈现了。黑白双鱼开始快速飞奔，形成了一个巨大的薄薄的锋利的飞盘，在血红色的火球上面不停地旋转，将熊乾身上呼呼燃烧的火苗纷纷割断。火苗落了一地，瞬间熄灭。

　　黑白双鱼快速飞旋，很快就制服了熊乾身上的每一处火苗。血红色火球见势不妙，正准备快速逃离，旋转的飞盘嗖嗖嗖地几声从火球的中间划过，瞬间将它划破。两块火球沾着火星儿，飞快地逃出洞穴，直奔天空而去。

　　血红色火球是宇宙派来惩罚熊乾的，它虽然逃走了，但熊乾并没有停止冥想。他想借势将玄殊也搭救出来。

　　黑白双鱼打败了火球，突然朝玄殊头边的黑褐色花岗岩飞奔而去。熊乾用大脑指挥着飞盘切割的方向，丝毫不差地在玄殊脖子的四周切割出了一个大大的圆圈，然后又将黑白双鱼分开，两条鱼并驾齐驱，头朝着圆圈内坚硬的花岗岩猛扑过去。大圆圈内的花岗岩迅速融化成一股股浑浊的泥浆流了出来，大圆圈就形成了一个坚固的空洞。

　　熊乾轻轻地搂抱着玄殊的脖子，将她的整个身子从花岗岩洞穴里面小心翼翼地拖了出来，她获救了。两个人久别重逢，泪流满面，泣不成声，相互紧紧地拥抱在了一起。

　　玄殊闭上双眼，仰起头，踮起脚尖，等待着熊乾的热吻。四周寂静无声，只有雪还在簌簌地下。

　　果果和豆豆推着坐在轮椅上的陈默在医院的草坪上面有

说有笑地晒着太阳，豆豆调皮地趴在父亲身上，果果紧紧地搂着陈默的脖子。

余敏也在护士的陪伴下，拄着拐杖，一瘸一拐地远远地走了过来。

"余阿姨过来了。"果果小声地对陈默说道。

"啊哈，余阿姨也出来啦！她没有了一只手的样子真难看。"豆豆又蹦又跳地喊道。

陈默脸色阴沉，突然十分严肃地冲两个孩子喊道："闭嘴，小孩子不许没有礼貌！余阿姨听了会伤心的。"

陈默远远地看着余敏，余敏也看见了他，两个人四目相对，良久都说不出话来。

余敏示意护士改变方向，她说："回去吧，我想继续睡会儿。"护士立即转身，推着余敏慢悠悠地转进了一条巷子，然后就消失在一丛茂密的竹林中。

陈默的嘴角嗫嚅了几下，他想喊住余敏，但欲言又止。然后，他又低头看了看已经消失了的双腿，一种莫名的伤感涌上心头。

他看了看两个天真无邪的孩子，不想在他们面前暴露出成熟男人的内心世界，便立即抹掉了眼角涌出的泪花儿，冲孩子们喊道："还想不想听故事啊？"

"想啊！讲到哪儿了呢？"豆豆的眼睛依然还盯着余敏消失的方向，心不在焉地问道。

果果则问道："爸爸，拉克勒大哥还被关在地牢里，该怎么办啊？"

陈默呵呵呵笑了几声，清理了一下喉咙，然后才说道："好吧，就从拉克勒讲起。"

玄无和两个女儿玄蒲和玄家一起救回了玄菱，但玄菱却闯下了不可饶恕的大祸，她丢掉了木盒，应该受到三星堆最严厉的惩罚。所以，一路上玄无都铁青着脸，一言不发，瞪着两只铜钱大的鹰眼，死死地紧盯着玄菱。他的脑海里面一直在思考处置她和巨目神的方法。

回到三星堆，玄菱被关进了大牢，等待受审。

玄无再次传令提审巨目神。巨目神被带上大殿后，玄无命令卫兵撕开他嘴上的封胶，摘下黑色眼罩，然后问道："拉克勒，你主管三星堆的防务，责任重大，你知不知道？"

拉克勒立即跪下，整个身子几乎是匍匐在地上，嘴上大声地回答道："我最尊贵的主啊，我十分明白我身上的责任。三星堆的一切安危都系于我的身上！"

玄无："那么，你丢失了黑色木盒，该当何罪？"

拉克勒："我最尊贵的王啊，我愿意接受一切的惩罚！"

玄无："拉克勒听命，你看管三星堆不严，意志不坚定，没有抗拒美色的诱惑，导致玄菱盗走了黑色木盒，现在木盒又被赫拉斯二百五十世和古尔丽夫妇抢走了，三星堆即将大祸临头了！现在，本王命令你顺着鸭子河潜伏出去，为三星堆村民重新寻找到一个新的最最隐秘的居所，将功补过！"

拉克勒喜极而泣，立即大声地回答道："拉克勒遵命！我最尊贵的王啊，拉克勒生是你的人，死也是你的人，我一定要完成你交给我的每一个任务。"说完，卫兵解开他身上沉重的铁链。拉克勒重新站了起来，带着玄无的命令走出了神圣的大殿。

玄无释放了巨目神过后，又传令将玄菱带了上来。他铁青着脸，对爱女玄菱说道："玄菱听命！"

玄菱跪在地上，低声回答道："父亲，小女玄菱有罪，愿意接受你的惩罚！"

玄无："你知道就好！你违抗天命，私盗秘籍，丢失木盒，应该斩首示众，你服也不服？"

玄菱大声哭道："父王，玄菱明白！我愿意接受惩罚！"

玄无："但是，现在斩了你还不是时候！你犯下了滔天罪行，置三星堆万千子民的安危于不顾，恶魔赫拉斯二百五十世和古尔丽夫妇如果按照秘籍修炼成功后，整个地球上的生命都将遭受毁灭性的打击，三星堆必将被毁。所以，本王命令你背负巨石，折断你的翅膀，捆住你的凤爪，囚禁于西面的大山之下，去认真反思悔过！九百年后斩首示众！"

玄菱泪流满面，嚎啕大哭了起来。她知道，此刻的父亲是疼爱自己的，但父亲又迫于三星堆自己制定下来的最严酷法律的威严而不得不选择了最折中的办法，流放囚禁爱女。她跪拜在地上，大声地回答道："父王，无论我是生是死，我都永远是你最心爱的女儿！我愿意接受一切惩罚！我愿意背负巨石遥望三星堆，俯瞰山川，尽我所能，永远做一个最最忠实的守护神！"

玄无泪流满面地宣布了退堂，他头也不回地走进了后殿，抓起一把棋子儿狠狠地扔在地上。然后，仰天长叹，大声地吼道："上天啊，亏我还是一只鹰！可祖先给我的智慧都哪儿去啦？"

一队队卫兵整齐划一地绕三星堆奔跑着。玄菱被五花大绑，正式押解上路。

透过窗户，玄无默默地望着爱女，心如刀割。他知道，女儿此次受罚，将被重压在大山之下，和山石为伴，冰雪为伍，或许永世不得翻身了。

玄菱一步三回头，当她走到村口的时候，朝着三星堆俯身跪拜了下去，然后才恋恋不舍地钻进了囚笼，出川西，过平原，逆岷江而上，朝着雪山的方向缓缓走去。

拉克勒接受了玄无的命令过后，立即回去组织了一支精干勇猛的队伍，准备好各种武器，然后，在村口赶来了几百头高大威猛的猛犸象，驮着充足的食物和各种各样的祭祀用品，沿着水草肥美的鸭子河顺流而下，进入了人迹罕至的川西平原，在平原的西北方向的金沙原始部落安营扎寨，定居了下来。

拉克勒指挥卫兵们从象群上面卸下行李过后，便立即绕金沙村奔跑了起来。他竖起两只巨大的耳朵，双眼高高地凸起，十分警觉地察看了一圈整个原始部落村。

突然，一群灰褐色的大鸟直冲云霄，大鸟们都整齐地列着队，先是像一股黑烟一样密密麻麻地漂浮在天空中，围着巨大的猛犸象群，发出犀利刺耳的吼叫声。

拉克勒立即停止了脚步，他竖起耳朵，仔细辨别着鸟群下面的动静。

"轰！轰！轰！"高大茂密的树林里面发出了巨大的震颤的响声。那响声正一步步地朝着猛犸象群包围了过来。

拉克勒像风一样飞奔进了象群。他凭借多年守护三星堆的经验，判断出整个队伍都遭到了包围，危险正在一步一步地接近。他立即下令所有的士兵拿起武器,准备战斗。

响声越来越近,天空中密密麻麻的黑色大鸟也摆出了各种攻击战阵。

猛犸象群也感觉到了危险即将降临。高大威猛的头象立即走出战阵,它翘起长长的鼻子和两根雪白锋利的象牙,凶猛地跺着象脚,怒吼了几声,传达着准备战斗的号令。象群快速散开,然后头朝外,屁股朝内,摆出了一个巨大的圆形战阵。

拉克勒也指挥着卫兵,快速地拿起了武器,整齐划一地站在猛犸象群的中间,手持长矛和盾牌,形成了无数个圆圈,等待着敌人第一波攻击的到来。

天空的黑色大鸟突然开始俯冲,它们张开长长的利嘴,呼啸着从天而降,像一支支利剑,直插象群。

猛犸象群无法躲避,整齐划一地甩起长长的鼻子,像一把把流星锤一样将俯冲下来的大鸟击落,然后狠狠地踩上一脚。

一群原始野人手持树棒、尖石等武器,嘴里发出刺耳的怪叫声,发疯般地钻进了高大凶猛的象群,乱刺乱打。

拉克勒大吼一声"杀",卫兵们立即领命,他们整齐地抬起左脚,举起盾牌,使劲儿地踩踏着地面,发出震耳欲聋的吼声。

猛犸象群接收到了进攻的命令，也发狂般地朝野人猛踢，天空中的大鸟像一颗颗黑色的炸弹一样进攻着象群。双方近身肉搏，死伤各半，谁也没能占到上风。

十几只猛犸象的眼睛被大鸟啄瞎，受了重伤，四仰八叉地躺在地上打着滚，发出十分凄厉而痛苦的叫声。地面上到处都是被象群踩踏致死的大鸟和野人，到处都是血流成河的惨景。

拉克勒指挥着士兵，左冲右突，拼命砍杀，一场史前血战和大屠戮开始了。金沙村原始部落的野人招架不住，节节败退，边打边撤，直到太阳落山过后，战斗才渐渐地停了下来。

第十五章　金沙村原始部落

再说熊乾背着受伤的玄殊，沿着山顶洞穴里面像迷宫一样的隧道，摸索着走了半个多月，才终于找到了出口。他们俩一路上说着情话，聊着未来，穿越了一望无垠的沙漠，终于发现了一片绿色的森林。一条河流从森林里面蜿蜒流出，河堤的两岸，绿树成荫，野花遍地。这条河叫作摸底河。但河水却不清澈，水面上到处漂浮着黑色大鸟的尸体，河水也被鲜血染得通红。

熊乾立即放下背上的玄殊，警觉地察看起四周来。他们早已疲惫不堪，当发现绿色森林的时候，就像重获生命一般，本来还兴奋得不行的样子，但看到眼前河水里面的血腥惨状，每一根神经立即就紧张了起来。

熊乾将玄殊放在一棵大树下面，让她背靠着树干，稍微休息一会儿，自己则冒险进入原始森林，沿着河逆流而上，想去探一个究竟。

大约走了两个小时的样子，河面上依然还漂浮了很多死尸。他越往上游走越发现了一些奇怪的现象，河面上密密麻麻的死尸里面不但有黑色的大鸟，还有一些大象和野人的尸体。熊乾心情紧张，他猫着腰，小心翼翼地向前爬行着，生怕会突然遭遇到什么危险。

拉克勒指挥着象群撤出战阵，正在组织队伍清理战场。他们将地面上所有的死尸通通抛进摸底河，然后才赶着象群，以战场为圆心，将一大片高大茂密的树林推倒，这才露出一大块平整的土地来。

拉克勒在金沙村原始部落的旧址上，按照三星堆的模样，正在重新建设一座坚固的城堡。城堡的四周布满了凶猛的猛犸象巡逻，新的城堡将作为三星堆人的第二个聚居地。

熊乾绕过象群，悄悄地爬了进来，他突然发现了一片刚刚才砍伐出来的大平原，平原上面有很多的士兵正在忙碌着修建房子。远远地，他看见了一个十分熟悉的身影，耳朵大大的，双目凸起。就在熊乾刚想张嘴呼叫拉克勒的时候，巨目神突然快速地飞奔而来，举起手中的长矛，朝熊乾猛刺过来。

原来，拉克勒正在聚精会神地指挥着士兵们劳动，突然就听到了一种十分异样而熟悉的气息发出，说时迟那时快，他举起长矛便进攻了过来。

"巨目神大哥，是我啊！我是熊乾。"熊乾赶紧侧身躲避，嘴里大声地喊着。

巨目神立即收手，将还举在半空中的长矛轻轻地放了下来，定睛一看，竟然是熊乾。他一把扔掉手中的长矛，快步跑过去，一把将熊乾拉进怀里，仔细地端详着他的脸，嘴里说道："乾弟啊，你偷偷地跑哪儿去了啊？可把我想死了。"

熊乾还愣在那里，惊得半晌说不出话来。他根本就想不到能够在这里又遇到巨目神大哥。他一边摇头，一边自言自语道："太离奇古怪了！太离奇古怪了！拉克勒大哥心地那么善良，他怎么会屠杀了那么多的人呢？"

拉克勒冲熊乾喊道："乾弟，你究竟怎么啦？我看你心不在焉的样子，而且看见我也不兴奋，难道你遇到了什么困难吗？"

熊乾摇了摇头，然后转身指着河面上漂浮的尸体，对拉克勒问道："拉克勒大哥，你告诉我，那是怎么回事呢？"

拉克勒哈哈大笑了起来。他说："乾弟，那确实是我们打败他们的！其实，如果他们不首先进攻我们，我们也不会将他们杀死。任何一种生命要想在丛林里面活下去，就必须得付出代价。"

熊乾还是觉得高兴不起来，眼前的惨烈情景，让他想起了自己的故乡蜀南竹海。他已出来多年了，还不知道父亲和其他的熊猫家人现在的日子过得咋样，会不会也像眼前一样，被打破了昔日的宁静呢？

拉克勒轻轻地抚摸着熊乾的头，告诉他不要伤心。如果真的想家了，他就带他回竹海深处去看一看。

熊乾擦干眼泪，简单询问了一下三星堆的情况，当他得知木盒已经丢失，三星堆即将遭遇灭顶之灾的时候，他这才想起玄殊还躺在森林之外。他将玄殊受伤，自己如何从三星堆密室里找到出口，进入沙漠，并且寻找到玄殊的整个过程都告诉给了巨目神大哥。拉克勒听说玄殊妹妹还躺在森林外面时，一把就拉上熊乾的手，以迅雷不及掩耳之势跃上高大的树冠之巅，像一阵风一样飞奔出了森林。

到了森林外面，河流上面依然还漂浮着密密麻麻的死尸，四周寂静无声，唯有摸底河水在发出哗哗哗的流水声。

熊乾领着拉克勒走到放下玄殊的大树前，却发现玄殊不在了。他的一颗本已十分平静的心，一下子就紧张了起来。

熊乾和拉克勒相互对望了一眼，什么话都没有说出口。两个人都突然预感到了什么似的。他们各自使了一下眼色，示意都不要出声，玄殊一定离这里不远。他们背靠着背，慢慢地在地面上寻找着蛛丝马迹，希望能够再次寻找到她。

他们沿着河流走了好几百米，拉克勒发现了一片彩色的羽毛。他弯腰捡起，拿在手上仔细端详了一会儿，然后又将羽毛凑近鼻子上闻了闻，然后才小声地告诉熊乾，说那是玄殊故意留下的暗号，示意她们沿着羽毛所指的方向去追赶，她遇到了困难。

他们俩一路飞奔,每隔一段距离后就会出现一片羽毛,而且羽毛的方向始终都指向河流的中央。

拉克勒恍然大悟。他一把拉过熊乾,一蹦一跳地飞奔到了河的对岸,然后捡起一节粗壮的树干,朝河流中央漂浮的黑色大鸟尸体打了过去。只听水流中哗的一声,水底下突然就冒出来了几百个原始野人的头。原来,那些原始野人被拉克勒指挥的部队击败了过后,一直没有离开,而是悄悄地潜入了摸底河水里面,头顶上覆盖的黑色大鸟尸体,则掩护着他们潜伏在水底,然后他们可以趁着夜色伺机进攻。

玄殊也在河底。她被几十名野人牢牢地捆住,动弹不得。

熊乾看见了玄殊,心头一急,扑通一声就跳了下去。一大群野人朝他猛扑了过来,张牙舞爪地想把他按进水里去。拉克勒见势不妙,像蜻蜓点水一样,双脚踩在野人的头上,朝熊乾飞奔过来。他手持木棒,一棒一个,将河水里面的野人打得落花流水。

熊乾也被几十个野人死死地抓住,按进了水底,顺着水流向下游漂去。

玄殊见熊乾也沉入了水底,却并不焦急,反而灵光一闪,将头也故意沉入了水底。她看见了水底的鱼群,于是脑海里面就开始冥想。这时,所有的鱼群都开始朝她的身边聚集,像是得到了什么号令似的那样整齐列队。鱼群迅速集结,在水下组成了一个巨大的鱼阵。

熊乾也发现了集结的鱼群。他也开始冥想,鱼阵突然在水底哗地分开,组成了一个双鱼阵,鱼头相向,鱼尾朝外,呈逆时针开始游动了起来。

双鱼阵越游越快,在水底飞速旋转了起来。所有的野人因为从来都没有见过,都还不知道危险正在一步步地朝他们逼近。他们依然还死死地抱着熊乾和玄殊,想把他们二人绑架到下游才上岸。

旋转的鱼群越来越快,越来越寂静无声。拉克勒在水面上看不到水面下的情况,正在焦急地敲打着露出水面的野人的头颅。突然,水底下一声闷响,摸底河上面水花四溅,几百颗野人的头颅从水底下全部都冒了上来,血流不止,河水染得通红。

拉克勒也吓得出了一身冷汗,他焦急地呼喊着熊乾和玄殊的名字,但始终无人应答。

他跳上岸,沿着河堤朝下游奔跑,眼睛却始终没有离开过河面。他边跑边喊:"乾弟,玄殊妹妹,你们俩在哪里?"

隔了好一阵后,熊乾才慢慢地游到玄殊的身边,一把抱起她虚弱的身子,然后才冒出水面。

拉克勒站在岸边,一把抓住熊乾的脖子,将他们俩拖上了岸。

玄殊由于伤势很重,身体还很虚弱,当他突然看见巨目神大哥的时候,吃惊得张大了嘴巴,一句话都说不出来便晕了过去。

拉克勒从熊乾的手中接过玄殊,将她平放在一块草地上面,双眼仍然还不离开水面。他有个疑问:是谁瞬间就斩下了那么多野人的头颅呢?他想问熊乾,但欲言又止,觉得这是一个多么可笑的问题啊。

拉克勒一手抱着玄殊,另一只手拉起熊乾,像一阵风一样地回到了金沙村。所有的人都围拢了过来。大家看着已经昏迷不醒的玄殊议论纷纷,都不知道究竟发生了什么事情。

熊乾静静地坐在玄殊的身体旁边,一只手轻轻地抚摸着她的额头,面带焦虑之色。此刻,他真的很希望玄殊的身体早日康复。

拉克勒出去了一阵,回来时,手中便多了一朵乌黑发亮的鲜灵芝。他蹲在玄殊的身旁,将新鲜灵芝的汁液小心地挤出,然后一滴一滴地滴进了她的嘴里。因为他知道,灵芝长期生长在悬崖峭壁之上,一定只有神鸟才能够寻找得到,那一定就是她们的美食。

拉克勒挤完了新鲜灵芝的汁液过后,又紧挨着熊乾坐了下来。他仰望着头上的天空,蓝天白云之下,一切都显得那么的平静,唯有熊乾的心脏发出来的砰砰的响声。

拉克勒问熊乾:"乾弟,你爱上了她吗?"

熊乾点了点头,回答道:"嗯。"

拉克勒:"哎,生活总是变化无常啊!当你越爱一个人,那个人就越离你远远的,你说这究竟是什么原因呢?"

熊乾无精打采地摇了摇头,他根本就不知道拉克勒哥哥说的什么!

拉克勒思念起了玄蒲。他不知道她此刻会在什么地方,和什么人在一起。玄蒲是大姐,知书达理,十分懂事不说,对三星堆里面的每一个人都那么温柔又和善。

拉克勒又问熊乾:"一个男人如果和自己不喜欢的人上了床,他还能够和自己喜欢的人结婚吗?"

熊乾摇了摇头,十分不解地望着巨目神大哥,感觉他今天问的所有问题都显得那么的无厘头,十分困惑。他又看了看躺在身边的玄殊,觉得她那白皙的皮肤上面,镶嵌了一双十分迷人的丹凤眼,犹如一对蓝宝石般美丽。

玄殊的嘴唇动了几下。熊乾高兴得叫了起来:"拉克勒大哥,她醒了!她醒了!"

拉克勒也转过头来,仔细地看了看玄殊,他这才发现玄殊先前还十分苍白的脸上早已泛起了一层粉红的血色,一股淡淡的少女般的芬芳正在悄悄地散发出来。

"玄殊妹妹,你快醒醒,我是你巨目神大哥。"拉克勒大声地喊道。

"玄殊妹妹,你快醒醒,我是熊乾。"熊乾也俯下身子,对着玄殊的耳朵小声地喊着。

玄殊渐渐地苏醒了过来,她眨巴着一双凤眼,努力地抬起头,朝四周仔细地打量,然后问道:"熊乾哥哥,我这是在哪儿呢?"

熊乾立即看着拉克勒,问道:"我们这是在哪儿?"

拉克勒笑着回答道:"我也不知道啊,咱们刚刚才顺着鸭子河下来,刚走到这里,就遭遇了埋伏。"

玄殊问道:"巨目神大哥,我大姐二姐三姐呢?她们都在哪里啊?你怎么不守在三星堆里面呢?父亲晓得了会惩罚你的。"

拉克勒拍了拍玄殊的肩膀,耐心地回答道:"你的姐姐们都很好的!你父亲也很好!她们都还在三星堆里面。"

玄殊继续追问道:"那你为什么不守在三星堆?跑到这里

来干什么？这里距离三星堆有多远？"

拉克勒看了看一脸茫然的熊乾，故意没有回答玄殊的问题。他只是不停地安慰她暂时不要多问，以后他会慢慢告诉她的。

"我要回三星堆！"玄殊突然从地上坐了起来。她大声地冲拉克勒吼道："你一定有什么事情在瞒着我！"

拉克勒双手一摊，做出十分无奈的样子，说："玄殊妹妹，我为什么非要隐瞒你呢？玄菱偷走了黑色木盒，赫拉斯二百五十世抢走了秘籍，三星堆即将灾难临头，你父亲派我来这里修建一处秘密居所，以便大规模迁移三星堆居民。"

"那玄菱呢，她在哪儿？"玄殊问道。

拉克勒痛苦地摇了摇头，轻声地叹息道："玄菱被你父亲囚禁在四姑娘山下了，那里曾经是你们四姊妹从小接受洗礼的地方！你们的母亲就是在那里遇难的！"

玄殊听说三姐被父亲镇压在了神圣的四姑娘山下，泪如泉涌，嚎啕大哭了起来。她突然张开双臂，扇动了几下翅膀，瞬间就变成了一只美丽的金凤，高声哀鸣着，直冲云霄而去。

等巨目神和熊乾两人反应过来后，玄殊已经飞远了，在蔚蓝深邃的天空中只留下了一点儿金色的亮光。拉克勒知道玄殊的火烈性格，他一把抓起熊乾，朝着玄殊飞行的方向，疯狂地一路飞奔了起来。

玄殊努力地扇动着翅膀,悲愤地朝着岷江上游飞去。她一边飞翔一边哀鸣,一路上都在伤心落泪。因为她知道,三姐玄菱如果真的被重压在四姑娘山下,肯定是永不翻身的了。她要尽快赶到那里,想尽一切办法都要阻止住父亲的残酷决定。

一路上,玄殊不时地在低头俯瞰,并在湛蓝的天空中划出一道道美丽的弧线来,以便能够让她的三姐早点看到。

到了四姑娘山,玄殊几乎是体力耗尽,她十分沉重地落在了一座山峰之上,四处瞭望,却怎么也看不到任何蛛丝马迹。四姑娘山,对于她们四姊妹来说是再熟悉不过的地方了。她们从小便出生在这里,成长在这里,并且是在这里接受了隆重的洗礼。父亲玄无十分疼爱自己的四个乖女儿,便给这四座山峰命名为四姑娘山,老大居中坐,老二老三并排坐,唯有幺女玄殊站在三姊妹的中间。

玄殊站在属于她的那座山峰顶上,不停地转身,焦急地寻找,大声地鸣叫。可是,无论她怎么吼叫,就是不见三姐和三星堆卫兵的身影出现。

第十六章 准备撤离三星堆

拉克勒和熊乾以为玄殊飞回了三星堆,于是拉克勒紧紧地抱着熊乾,像一阵风似的跑回到三星堆。他急急忙忙地跑去拜见了玄无,并焦急地询问玄无是否看见了玄殊回来。玄无吃惊地摇了摇头。他让拉克勒和熊乾坐下来慢慢地说究竟发生了什么事情。因为,玄无领着两个女儿去南海寻找玄菱时,他并不知道熊乾和玄殊早已从地下密室的暗道里逃了出去,而且还发生了那么多的事情。这让他预感到昔日三星堆的祥和与宁静将会被打破,以后或许还会发生更多奇奇怪怪的事情。

玄无问拉克勒:"你们是怎么会合到一起的?"

拉克勒就一五一十地将如何偶遇熊乾,并如何击败野人,救起玄殊等一系列的故事讲给玄无听。

玄无说:"玄殊没有回来,就肯定飞去了四姑娘山。"

拉克勒低头不敢说,他怕玄无知道后会更加生气。这时,熊乾站起来回答道:"玄殊是想去和三姐道别吧。"

玄无顿时睁大鹰眼,厉声问道:"谁告诉她的?三星堆马上就要受到宇宙恶魔的毁灭性攻击,可是,你们不去做防御性准备,却抛弃不了儿女私情?尽给我捣乱!"

拉克勒和熊乾立马闭嘴,双手垂在胸前,一声不吭地听着,生怕再惹玄无生气。

玄无冷静地思考了一会儿,渐渐地消了气,于是他告诉熊乾和拉克勒,让他们俩随他一同去四姑娘山,帮助他把玄殊找回来。

正当玄无领着拉克勒和熊乾赶往四姑娘山的时候,天空中突然出现了一个巨大的火球,将整个西边的天空全部照亮了。三星堆居民全部都涌了出来,大家纷纷手拿金色面罩,罩在头上,遮住脸,然后手捧象牙,集体跪拜在祭坛的四周,祭拜太阳神,哀求尊贵的太阳神不要发怒,不要惩罚三星堆居民。

熊乾望了望血色的天空,心头十分焦急。因为,只有他才在洞穴里面看见过那只血红色的巨大的火球。他对玄无和拉克勒喊道:"快!玄殊有危险!"

玄无不解地看了一眼熊乾,因为这样的场景他从来都没有看见过,他根本就不知道究竟有多危险。

玄无立即戴上青铜铸造的三星堆面具,他示意巨目神也赶快戴上。他说:"那个火球一定是太阳神下来了,三星堆居民不得对太阳神无礼!"

玄无重新变成雄鹰,展翅高飞,直接向四姑娘山飞去。

拉克勒一把抱起熊乾，像风一样奔跑了起来。

当他们刚刚在四姑娘山停下的时候，天空中的那一个巨大血红色火球便轰隆隆地从天空中滚了下来，直接朝着四姑娘山顶砸去。

火球越烧越旺，越来越红，越来越接近四姑娘山的时候，山上的积雪便哗哗哗地急速坠落，很快就蒸腾成了一股股白色的水雾，朝天空中飘去。

玄无立即跪拜在地，双手合十，独自在那里作揖磕头。巨目神也以为是太阳神下来了，见玄无跪拜，也赶忙跪下，不停地念念有词，祷告太阳神一定要保护好三星堆居民。

现在，只有熊乾明白，那一只巨大的火球不是太阳神，而是宇宙派来惩罚玄殊的战士。

熊乾焦急地朝每一座山峰望去，想尽快找到玄殊藏身的位置。

血色火球喷着长达上千米的火舌，像一个怪兽一样舔舐着每一座山峰。山峰上的积雪瞬间便被融化殆尽，只剩下了光秃秃的灰褐色的嶙峋怪石。

玄殊藏在一个暗洞里，正屏住呼吸，大气都不敢出地睁大着两只凤眼，偷偷地瞧着洞外发生的一切。远远地，她看见了父亲，也看见了巨目神大哥，还有她最心爱的熊乾哥哥。

但此刻她却不敢出声。她知道，自从她开始修炼黑色木盒里面的秘籍过后，宇宙总是要派人来惩罚她的。

火舌越来越长，地面的温度也越来越高，山顶上灰褐色的巨石都被烤化了。不得已，他们只得后退。但熊乾没有退缩，倒反而越发激起了他的斗志。他想，自己一定要找到玄殊，并把她安全地救出。

熊乾不知道玄殊究竟躲在哪一座山峰之上，更不知道三姐玄菱被压在哪一座山峰之下，他索性大吼了一声："玄殊，你究竟在哪儿？哥哥来救你啦！"

玄无和拉克勒十分吃惊。他们俩根本还不知道熊乾早已练就了一身上等本领。玄无命令拉克勒过来保护熊乾，被熊乾一把甩开。

熊乾继续喊道："玄殊妹妹，赶快冥想，让白鱼出现！咱们一起割断那个火舌！"

熊乾开始盘腿打坐，然后闭上眼睛，静心冥想。在他的脑海里面，始终游动着一条大大的黑色的鱼。那条黑鱼像一股青烟一样从他的两边太阳穴里飘出，然后在他的头顶上空汇合，最终融合成了一条黑色的巨大的游鱼。

玄无和拉克勒看得目瞪口呆。他们根本就不知熊乾在干什么，并且，那条黑色的巨大的游鱼不停地在他们的头上晃动，他们伸手去摸，无影无踪，但却分明看得那么真切和实在。

一直躲在山洞里面的玄殊也看到了那条黑色游鱼，她立即开始闭上眼睛，脑海里面开始冥想。

一条白色游鱼从山洞里面漂浮了出来，径直朝黑鱼游了过去。火舌也发现了黑白游鱼，只听轰隆隆几声响过，天空中突然滚过一阵阵惊雷，一道锋利的闪电将天空划破，在黑白游鱼中间形成了一堵巨大的墙，阻挡住了两条鱼前进的方向。

玄无一直知道玄菱被压的地方。此刻，他看见了黑白游鱼僵持在半空中，却不知道游鱼汇合后究竟会有多大的威力。但他知道，如果火舌继续融化四姑娘山，那么他的两个爱女必将葬身于火海之中。

玄无和拉克勒对望了一眼，相互整理了一下头上戴着的青铜器面罩，准备立即钻入火海，拯救两个爱女。这里的地形，玄无是了如指掌。这里是他和爱妻共同生活了几百年的地方，也是他最伤心的地方，他的爱妻就是在这几座山峰间和一条白色巨蟒搏斗而坠崖身亡的。

眼见黑白双鱼一直无法聚在一起，熊乾和玄殊累得满头大汗。而天空中的那一堵闪电墙坚如磐石，思想根本无法穿越。

玄无回头看了看熊乾，他明白了他必须要为熊乾做点什么,否则,不但自己的两个爱女要葬身火海,熊乾和自己都可能要遭受灭顶之灾。他再一次紧了紧坚硬的青铜面罩,化身成一只雄鹰,将整个的身子都蜷缩进面罩里面,只露出坚硬有力的鹰喙在外面,然后对准那道无形的闪电墙撞了过去。

只听轰的一声,玄无被闪电墙弹了回来。他再一次猛扑了过去,并迅速地张开了鹰喙,将闪电墙击穿了一个很小很小的洞口。鹰喙被迅速融化,玄无痛得浑身直冒冷汗。就在他快要坚持不住的那一瞬,黑鱼嗖地一声就从鹰喙撞开的那个小洞中挤了过去,并迅速和白鱼嘴对嘴地游在了一起。两条大鱼在天空中快速地旋转了起来,像一把巨大而锋利无比的利刃,径直朝着那堵无形的闪电墙壁割了进去。

闪电墙破碎了,天空中滚过几声闷雷。

黑白游鱼初战告捷,继续飞速旋转,径直朝着长长的火舌奔了过去。红色的火舌猝不及防,被一分为二,只见天空中掉下来一大截舌头,落到地面后便消失得无影无踪。

血红色火球发怒了,它立即掉头转向,直接朝熊乾猛扑了过来,想惩罚一下这只不知天高地厚的熊猫。

黑白游鱼越战越勇,径直钻进了火球的心脏,并割开了一道口子,炽热的火焰从口子处流出,像一股股绯红的鲜血流了下来。

玄无一边捂住受伤的嘴巴，一边眺望着天空，十分的不解。拉克勒急得满头大汗，根本就帮不上忙，他只好不停地在四座山峰之间奔跑，想尽快找到玄殊和玄菱的藏身之处。

玄菱被巨石重压在四姑娘山的腹心，根本就不知道外面发生了什么。只是突然感觉到地动山摇，炽热难耐，浑身像在蒸煮一样难受。她知道，外面肯定发生了什么重要的事情，但她再怎么努力都始终动弹不得。

黑白游鱼钻进了火球的心脏，突然间轰地一声就膨胀大了几百万倍。火球瞬间被涨破，四分五裂。天空中一股十分森冷的力量瞬间飘过。

玄无抬头一看，只见刚才还十分炽热的巨大的火球瞬间凝固了，正在从半空中急速地向下坠落，并化成一块块极小的碎片，在即将碰触到地面的那一刹那间就化作了一股灰烬。刚刚还炽热难耐的四姑娘山顶开始飘起了片片雪花。

熊乾睁开双眼，快速地朝一座山的山腰跑去。他钻进山洞，一把就将奄奄一息的玄殊抱起，转身跑下了山。

玄无和拉克勒也赶紧跑了过来，三个人都围绕在玄殊的身边。玄殊见到了父亲，她用十分微弱的语调向父亲哀求道："父王，求你放了三姐吧！三星堆即将遭到宇宙的惩罚，这一切都是我的错，和她们都无关。但咱们可以聚集力量，齐心协力，共同打败敌人，重新拯救三星堆文明。"

玄无看着无比虚弱的女儿，他噙着泪，点了点头，对她说道："宇宙的旨意，我们都不能够抗拒，咱们三星堆文明仅仅只是宇宙中的一颗尘埃，即使毁在了我的手上，只要我们都努力了，那也不足为奇，就像尘埃落定一样，文明也是此消彼长，无限轮回的。"

玄殊："不！父王，文明是可以延续的！只要我们每一个人都去努力，一定会将一切的不可能化为可能。"

此刻，熊乾在经历了无数次磨砺，又听了玄殊的话过后，内心的力量也迅速地增长。他看了看玄无，用一种无比坚定的语气说道："玄殊说得对，宇宙万物，一阴一阳，黑白无常，有就是无，无就是有。在宇宙中，三星堆文明看似辉煌，但俯瞰历史的长河根本就微不足道。所以，还是恳请你放了玄菱吧，咱们回去重新思考，共商对策，积聚力量，打败敌人！"

巨目神也跪拜在了玄无的面前，恳求玄无放出玄菱。他再也不计前嫌，在内心深处也忘掉了玄菱的不是。

玄无仰起头，痛苦地思索了一会儿过后，扶起拉克勒和熊乾，对他们点了点头，说："那就这样吧，咱们先放出玄菱，立即带着她们俩回到你们最近发现的金沙村去，让她们俩在那里安心养好伤。等三星堆逃过这一次劫难过后，再让她们四姊妹都回到四姑娘山静心修炼吧。"

玄无说完,举起双手,在天空中祈祷了一阵过后,便缓缓地朝着第三座山峰底部走去。拉克勒高兴得将熊乾高高地举过头顶,一蹦一跳地跟在玄无的身后。其实,在他的内心深处,尽管他一直是喜欢大姐玄蒲的,但玄菱将身体奉献给了他,他还是不想玄菱痛苦,不想玄菱受到惩罚。

玄殊见父亲的态度终于发生了改变,也高兴地咧开嘴笑了。一股强烈的倦意涌来,她倒头便昏沉沉地睡了过去。

玄无走进山谷,化作一只雄鹰,盘旋着飞上了山腰的一块十分光滑的石壁上面,然后用尖利的鹰喙啄开崖石上的一朵雪莲花,露出一个细小的石洞。他用嘴在石孔中敲打了九下,那块巨大而光滑的石壁才缓缓地打开,露出一道十分狭小的洞口,洞口里面顿时冒出股股乳白色的烟雾。

玄无展翅飞进了山洞,在山洞的顶部解开了捆绑玄菱的铁链。拉克勒想爬上石壁,进入石洞去背玄菱。但他尝试了好几次都从石壁上面滑落了下来。

不一会,玄无从洞穴口飞了下来,背上背着奄奄一息的玄菱。玄无刚刚落地,拉克勒便迅速地跑了过去,一把抱过玄菱,对着她的耳朵大声地喊道:"玄菱妹妹,你醒醒!我是巨目神哥哥!"拉克勒一边抹泪,一边朝山脚下狂奔而去。

玄无和熊乾紧跟在后面，他们俩走到玄殊的跟前，熊乾轻轻地抱起玄殊，一起朝金沙村方向走去。

拉克勒领着玄无一行人走进了金沙村，看到大家都还在紧张地忙碌着，一座座高大雄伟的建筑正在紧张地施工中。

玄无围绕着村子视察了一周，发现整个金沙村都被茂密的森林包围着，摸底河绕村而过，水草肥美，土地肥沃，完全可以开垦成阡陌田野，心头十分满意。他对拉克勒说："加快建设速度，一定要赶在外星恶魔到来之前，为三星堆居民找到一个藏身之所。"拉克勒见玄无面带喜色，知道他非常满意，也感到高兴。他俯身下跪在地，大声地回答道："拉克勒戴罪立功，一定不负您的重托！"

玄无轻轻地扶起拉克勒，将他拉在一边，附耳向他交代了几句什么，便转身对熊乾说道："黑色木盒被赫拉斯二百五十世和古尔丽夫妇抢走了，他们如果按照秘籍修炼成功后，再来攻击我们，对我们可就极为不利了。你随我一同回三星堆去，共商御敌良策。"熊乾问道："玄菱和玄殊怎么办？"玄无沉思了下，回答道："就让他们俩待在这里慢慢休养，有拉克勒在，我还是比较放心。"

熊乾欲言又止，他寻思道：自己好不容易才找到玄殊，却又要和她分开，如果她再遇到什么危险，身体还没有恢复过来，那该怎么办啊？

玄无看出了熊乾的心思。他走过去，伸手在他的肩上重重地拍了两下，说道："自从来到三星堆后，你成长很快，已经像一个男子汉了。不过，请放心，玄殊在这里养好伤后很快就会回到三星堆的。男子汉当以大局为重，不要受困于儿女私情！走吧，我的熊大侠！"

熊乾转身去看了看玄殊，在她耳畔轻声地道别。他叮嘱她一定要听拉克勒的话，安心养伤，然后早日回到三星堆。

玄无拉着熊乾的手，走上了一座刚刚才修建好的巨大的祭坛，和所有的人道别。

拉克勒立即匍匐下去，所有的将士都跟着跪拜在地，并高声地呼喊道："尊贵的、至高无上的玄无首领啊，愿您一路平安！愿三星堆平安！"

玄菱和玄殊也从病床上撑起身子来，朝着三星堆的方向叩拜。

玄无躬身回礼，然后平伸双手，示意大家安静。他对所有的将士说道："人类来到三星堆已经几千年了，日子过得安静祥和，舒适自在，从来都没有遇到过像今天这样大的危险。然而，宇宙之大，超乎想象，天地轮回，乾坤反转。我们总想扬善，但却避免不了恶。既然险恶避免不了，那我们所有人都要迎难而上，固本正源，消除邪恶！金沙村是我们的第二村，人类文明能否获得保护和延续，就拜托大家了！"

"嚯——嚯——嚯——！"人群中发出巨大的吼声，所有的人都士气高涨，他们整齐划一地高举双臂，使劲地跺着右脚。

"呜——呜——呜——！"庞大的猛犸象群也齐声嘶鸣，它们集体列成圆形方阵，高高地挺起长长的象鼻，直指云天。

告别仪式结束后，拉克勒快步走上了祭坛。他牵着玄无的手缓缓地走了下来。然后，扶着他坐上了一头高大而威猛的猛犸象，熊乾坐上了另一头猛犸象。两头大象同时举起象鼻，并扬起前蹄，十分威严地朝着三星堆的方向奔去。

送走了玄无和熊乾后，拉克勒立即下达命令，让所有的人不得懈怠，要轮流上阵，日夜不停地赶工建造金沙村。然后，他走到玄菱和玄殊的病床前，叮嘱她们俩要安心养伤，不久就会见到大姐二姐了。

拉克勒说完，转身就腾上了树巅，径直朝着峨眉山奔去，他要尽快去采摘几朵高山雪莲来给姐妹俩治病。

第十七章　三星堆首领遇难

玄无和熊乾各自骑着大象,沿着摸底河逆流而上,快速奔走在茂密的丛林之中。这时,天空中突然飞过一群黑色的大鸟,密密麻麻地像一阵旋风一样直奔二人而来。两只大象立即放慢了脚步,昂起头,十分警觉地背靠背地站在了一起。

熊乾知道那些黑色大鸟十分凶险。他立即跳下象背,并提醒玄无也赶快下来。

玄无十分镇定,他没有立即下来,而是站在象背上,睁大着鹰眼,仔细地辨认着黑色大鸟飞来的方向。他想:呵呵,一群乌鸦而已!前世的冤孽,看今日如何了断?玄无的脑海里面,重又浮现出几千年来他们鹰族和乌鸦之间的无休无止的搏杀场景来。他突然腾空而起,张开双臂,两只锋利的鹰爪像两把坚固的铁钳,径直朝着鸦群飞来的方向抓去。

熊乾站在地面,抬头望天,却不知道自己该怎么办。两头猛犸象依然背靠背地站在一起,警惕地观察着四周的动静。

天空中发出凄厉的惨叫声,几百只血淋淋的黑色大鸟从天而降,重重地掉在熊乾的身边。玄无掏出随身携带的金色圆盘,拧动机关,金色圆盘在天空中猛烈地旋转了起来。玄无站在上面,指挥着圆盘,一会儿朝东,一会儿朝西,所到之处，黑色大鸟纷纷坠落。天空中杀戮声和惨叫声响成一片，殷红的鲜血像雨点般落了下来，溅在熊乾的身上。

就在玄无杀得兴起的时候，森林里面突然就窜出来一群群野人，他们光着身子，手持木棍和各种尖利的石块，嘴里发出巨大的愤怒的声音，朝着两匹猛犸象和熊乾包围了过来。

猛犸象抬起前蹄，昂起鼻子，各自迅速卷起一颗巨大的树干，朝着野人横扫过去。

熊乾迅速爬上了象背，双手死死地抓着大象的耳朵，眼看着黑压压的凶猛无比的野人，不知道自己该怎么办了。

猛犸象越战越勇，冲在最前面的几百个野人，被象鼻子抽打、抛甩、踢踩，死伤一片，哀嚎声起，十分凄惨。但是，野人毫不退缩，像潮水一样不停地涌来，将猛犸象死死地包裹在了一起。他们爬上象腿，几十人像蚂蚁一样，同时啃咬大象。猛犸象被黑压压的野人完全包裹住了，动弹不得。

见此情景，熊乾惊慌失措，不停地跳跃，想爬上旁边的一根巨大的树干，然后准备从树干上逃生。但是，密密麻麻的野人并不是想杀死大象就完事的，他们都是冲熊乾而来。野人看到熊乾想逃跑，纷纷爬上树干，截断了他的逃跑路线。

熊乾挣脱人群，终于爬上了树干，树下的野人吼叫着，发疯一般地涌了上来。熊乾大吼一声，整个森林发出了巨大的回声。正在天空中厮杀的玄无早已看清了熊乾的处境，他一个俯冲下来，张嘴就将熊乾叼起，径直朝三星堆方向飞奔逃命。

黑色的鸟群紧追不放。玄无也早已受伤，他浑身被啄了七八个窟窿，头上也血流不止。他冲熊乾喊道："小子，快使出你的绝招！我要招架不住了！"

熊乾摇了摇头，大声地吼道："啥子绝招？"

玄无说："黑鱼！黑鱼！"

熊乾："我要白鱼！玄殊快来吧！"

一只领头的黑色乌鸦猛扑过来，两只锋利的爪子，一把抓住熊乾的一条大腿，然后猛啄了起来。玄无避开头顶上黑压压的乌鸦群，张嘴去救熊乾。他刚一低头，几百只乌鸦齐刷刷地一起咬住了他的颈项。

玄无啄瞎了领头的乌鸦，自己却被几百只乌鸦死死地咬住不放。他脖子上鲜血直流，痛苦难当。

玄无心头早已明白，这一战胜负已决，自己势单力薄，寡不敌众，生命即将终结。但他一直牵挂着眼前的熊乾，自己的鹰喙正死咬着领头的乌鸦，不能张嘴说话，只好以眼神和熊乾交代。他示意熊乾独自逃生，自己和那领头的乌鸦同归于尽，以命相搏。

天空中又飞来黑压压的乌鸦，鸦群像乌云一样，遮天蔽日地将玄无团团包裹住，并不停地张开利嘴啃噬玄无的翅膀。玄无眨巴了几下眼睛，命令熊乾驾着金色圆盘赶快逃生。熊乾的身上早已是千疮百孔了，身上也爬满了密密麻麻的黑色乌鸦。他突然张开双臂，大吼一声，心想：即使生命终结，也要奋力一搏！不能眼睁睁地就这样束手就擒。

眼看着玄无再也支撑不下去了，一只翅膀仅剩下了白骨，另一只翅膀也早已被乌鸦啄断，熊乾反而开始冷静了起来，一股豪气不停地涌了上来。他突然想到了那晚在雪山顶上独自冥想解救玄殊时的情景。

玄无用微弱的声音命令他赶快离开，但熊乾却闭上了眼睛，内心渐渐地开始平静，一股巨大无比的力量从太阳穴涌出，盘旋在他的头顶之上，然后轰隆隆几声响过，一把锋利而硕大无比的黑白无影刀再次出现，只听得半空中嗖嗖嗖几声响过，所有的乌鸦惨叫着像雨点般纷纷坠落。

金色圆盘上只剩下了受伤的熊乾和奄奄一息的玄无。玄无微笑着对熊乾说："好小子，你终于悟出了黑色木盒里面的真谛！黑白双鱼，实为太极！太极生两仪，两仪复合而为太极，有时一分为二，有时又合二为一，少阳少阴，互为表里！我这就放心地走了，今后，我保护了几千年的人类文明就交给你了！"玄无说完，就慢慢地闭上了双眼。

天近黄昏，熊乾带着玄无的遗体，独自驾着金色圆盘，飞回到了三星堆上空。三星堆村民在玄蒲和玄家的率领下，早已汇聚到了祭祀广场，等待着天空中金色圆盘的降临。

他们并不知道玄无已经遇难。将士们点燃了篝火，大家都纷纷载歌载舞地准备迎接最最尊贵的首领玄无归来。

当金色圆盘缓缓地降落到地面上之后，玄蒲和玄家高高兴兴地跑了过去。当她们远远地看见圆盘上面只有熊乾一个人，而他的身旁躺着一具尸体后，两姊妹顿时惊呆了，简直不敢相信自己的父亲已经离开了人世。

她们嚎啕大哭了起来，三星堆所有的村民都纷纷摘下头巾，抛向空中，集体跪倒并匍匐在地上，伤心地哭了起来。

熊乾由于流血过多，也一头栽倒在地，晕了过去。

玄蒲擦干眼泪，十分冷静地拉过玄家，命令她立即率领卫兵，检查三星堆所有的岗哨，并亲口颁布命令：危急时刻，三星堆最高首领遇难，任何人不得进出本村，人人提高警惕，准备抵御外敌入侵。然后，玄蒲亲自召集几百名德高望重的长者，连夜商量父亲玄无的后事。

当晚，三星堆所有的村民都换上了白色衣服，披麻戴孝，轮流匍匐在玄无的尸体前面守灵。全村的金银铁匠，也都纷纷忙碌了起来，日夜不停地锻造和赶制着青铜面具，为隆重地祭祀玄无做好准备。

玄蒲摸了摸熊乾的额头，竟热得滚烫。她寻思是伤口感染，病菌侵入，熊乾的生命也危在旦夕，竟忍不住泪珠一颗一颗地滚落了下来。

她大声地呼唤御医，让他想尽一切办法救活熊乾，只要他能够开口说话，就能够知道究竟发生了什么，自己的父亲是被谁所杀害。

御医立即把了熊乾的脉搏，脉象微弱。他又探了探鼻息，气若游丝。远远地，一群巫师头戴獠牙面具，手持火把，身穿草裙，嘴里不停地念念有词，正一步步地朝熊乾走了过来。巫师围着熊乾不停地祷告，不停地手舞足蹈。

昏迷中的熊乾，感觉自己依然漂浮在云端，脚下踩着金色圆盘。他一只手牵着玄殊，另一只手却握了一支青铜利剑，不停地在空中乱刺乱舞。他正被乌云包裹，就挥剑猛砍刺破乌云，俯瞰大地，想尽快回到竹林，去和自己的父亲还有所有的熊猫家族的亲人团聚。

御医掰开熊乾的嘴巴，塞进了一颗药丸，玄蒲端来一碗温水，缓缓地倒进他的嘴里，好让药丸慢慢地融化，进入他的胃里。

突然，他发足狂奔了起来，他看见了竹海，也看见了父亲熊空和弟弟熊坤。"爸爸，我回来啦！"熊乾大吼一声，突然坐了起来，吓得几名御医连连后退。几十名手舞足蹈的巫师也纷纷伫立不动，吓出了一身冷汗。

玄蒲赶忙跑过去将他扶住，生怕他坐立不稳，滚下病榻，再次摔伤。

"熊哥，你终于活过来了吗？"玄蒲含泪问道。

熊乾迷迷糊糊地朝四周望了望，嘴里含混地问道："爸爸，爸爸，你在哪里？我是熊乾！"

玄蒲端起温水，喂了他一口，然后温柔地说道："这是三星堆，你伤得不轻。"

熊乾咽下了口中剩余的半块药丸，又昏迷了过去。

御医的脸上露出了稍微轻松的表情。他们知道，眼前的熊乾已经活了过来，只是伤势太重，需要慢慢地调养数月才能够完全恢复。

玄蒲却满脸愁容，她内心焦虑，想尽快从熊乾的嘴里听到父亲死亡的原因，还有，她想打探到妹妹的下落。

她叫所有的御医和巫师都退下，独自一人静静地守护在熊乾的病床前。她推开窗户，一股沁人心脾的新鲜空气吹了进来。她做了一个深呼吸，然后放眼望去，夜幕下的三星堆里面到处是火把，到处是金银铜匠们敲打锻造的响声。妹妹玄家也忠心耿耿，正率领着上千名卫兵紧张地到处巡逻着，提防着外敌的入侵。

此刻，她思念起了巨目神大哥。父亲突然罹难，熊乾受伤，三星堆的守护神却不在身边，她打了个冷战，一股巨大的从来未有过的压力，正排山倒海地向她涌来。她想找人商量，哪怕只听到一句安慰的话语，心里面也会很满足的。可是，三星堆里面所有的人都是凡人，都是肉身，都无法理解得了她此刻的恐惧和担忧。

熊乾在床上翻了个身，嘴里面不停地喊道："爸爸，水，水，水。"玄蒲立即擦干眼泪，重新去接了一碗温水过来，小心翼翼地灌进了他的嘴里。

没想到余敏的伤口感染了，正发着高烧。她躺在病床上，嘴里面不停地喊着："陈默，老师，给我水，水，水"。

护士立即跑了出去，拿了一个温水杯进来，小心翼翼地对准了她的嘴巴，让温水慢慢地浸润进她干涸的心田。然后，她跑出去把主治医生喊来，再次检查一下余敏的伤口。

主治医生揭开断臂上的白色纱布，仔细地看了看溃脓处，转身就冲护士严厉地吼道："我让你每天把纱布换勤点儿！你是怎么做的呢？"

护士吓蒙了，退缩到墙角，然后声音颤抖地说道："我每天都换了至少四次啊，可她就是神情低迷，昏迷不醒，嘴里面老是喊那个陈默。她一会儿喊老师，一会儿又喊陈默，我都不知道是不是喊的同一个人了！我想，她再这样折磨下去，不调整好心态，伤口怎么能好呢？"

主治医生的脸色稍微平和了下来。他对护士说："去去去，把31床那个龟儿陈默给我喊过来，遇到这么大的地震，他一个地理学专家……哼！"

此刻，陈默也十分疲惫。他嘴里面一边给孩子讲故事，心里面却也一直惦记着余敏。他想，自己的内心是干净的，灵魂也是圣洁的。在这一次特大地震来临之前，自己作为余敏的博士生导师，对她可是从来都没有任何非分之想，也算是良心上对得起自己吧。但是，余敏的种种表现，却完全不是那样的。她孤独的感情，像一座活火山那样，在大地震前一刻突然爆发，瞬间冲破了一切坚固的感情防线，让陈默措手不及。

护士敲门进来，打断了陈默的话。她走到陈默的轮椅前，小声地告诉他："博士，您的助手余敏伤口严重感染，昏迷不醒，嘴里面不停地呼喊你的名字，医生请你过去一趟。"

他看了看两个孩子，然后对护士说："你先回去吧，我这就过来。"

豆豆和果果没有说话,等护士走了,就推着爸爸出了病房,穿过长长的通道,进了电梯,上到了20楼。其实,这一条路本来很近,但此刻的陈默却感觉像是有十万八千里那样远。

刚走到门口,已经能听到余敏的声音了,陈默的手机响了,是妻子莉梅打来的。两个孩子从手机铃声就辨出来是妈妈打过来的,便将轮椅停在了余敏病房的门口,没有推进去。

陈默告诉妻子,余敏伤口感染发烧,正准备去看看,两个孩子也在。莉梅停了一下,说:"你看看吧,祝她早日康复。"

主治医生斜靠在门框上,安静地聆听着陈默讲电话。两个孩子还沉浸在刚才的故事里面,心灵纤尘不染,只盼着父亲赶快回到自己的病房,好给他们接着把故事讲下去。

陈默接完电话,转身对两个孩子说:"你们就在门外等会吧。"两个孩子乖巧地坐在外面的椅子上。

进了余敏的病房,看见发着高烧的余敏和空空的袖管,陈默心里如刀割般痛,眼泪不由自主地流了下来。

也许是心灵感应,睡着的余敏突然醒了,看见陈默坐在自己的床前,激动地喊了一声"导师",就嘤嘤地哭了。

陈默拍着余敏的手臂说:"没事的,你可要尽快好起来,我的双腿没了,还需要你推我进实验室呢。"

余敏弱弱地说:"谢谢,我会好起来的。"

第十八章　三星堆陷入绝境

陈默回到自己的病房，情绪低落。又看着两个眼巴巴望着自己的孩子，说道："还是继续讲神话故事吧！"

"哈哈哈，好啊好啊！"两个孩子高兴地击了击手掌，然后端凳子坐在陈默轮椅的两边，静静地聆听了起来。

陈默说："水水水，我要喝水。"

豆豆立即给他递过了一大杯温水。然后，陈默又接着讲了起来。

熊乾一直昏迷了三个多月，一直高烧不退，时而清醒，时而糊涂，将三星堆几十名御医折磨得心力憔悴，早已不成人形了。只有玄蒲还十分耐心地侍候着他，精心地照料着他，一刻也没有放弃。

玄蒲每天都安排大队人马出去狩猎，剥取熊胆，采摘雪莲，然后拿回来给熊乾吃。

一天清晨，熊乾突然从病床上坐起，双眼傻傻地朝四周看了看，然后大声地喊道："玄殊，玄殊，你在哪里？"

听到叫声后，玄蒲快步跑了进来。看见熊乾醒来，并能够呼喊玄殊的名字，心头既惊且喜。她一把拉着熊乾的手，十分高兴地说："你终于活过来了！"

熊乾继续大声地喊道："玄殊在哪儿？她在哪儿？黑暗来了！黑暗来了！"

玄蒲回答道："玄殊还没有回来，什么黑暗来了？"熊乾继续说道："我看见黑暗正在朝我们飘来！快跑！快跑！"

御医们听说熊乾已经开口说话了，也都纷纷跑了过来。大家都竖着耳朵，认真聆听熊乾的胡言乱语。他说他看见了黑暗，好大好大的黑暗，遮天蔽日，正在从一个遥远的地方向三星堆方向飘了过来。那些黑暗中间，隐藏着巨大的阴谋，至于阴谋是什么，他看不清，他也无能为力。

御医们和玄蒲听了，都觉得可笑。尤其是玄蒲，先前还十分惊喜的一颗心，再次跌入了冰冷的现实。自从熊乾受伤以来，她日夜期盼他的伤势能够早日康复，然后能够从他的嘴里获得一些有用的信息。可是，自己苦苦盼了几个月，终于听到他开口说话了，可说出来的却全部都是胡话。她只当他还在发烧，或者说是大病未愈，精神错乱了。

熊乾自顾自地说了一阵，然后又慢慢闭上了眼睛，十分疲倦地躺在病床上，又沉沉地睡了过去。

玄蒲向几十名御医挥了挥手，让他们各自退去。

此刻，她早已心乱如麻。一系列谜团正困扰着她，父亲是怎么死的？玄殊究竟去了哪儿？玄菱被压在四姑娘山脚下生死如何？巨目神那边怎么样了？是否也遇到了大麻烦？所有的问题，她都得不到答案。而唯一能够获得一点线索的人，只有眼前这个憨厚的熊乾了，可他却一病不起，伤痛难愈。"这该如何是好啊？"玄蒲拿拳头猛敲了一下自己的额头，然后焦急地在房间内走来走去，思索良策。

一名祭师走了进来，匍匐在玄蒲的跟前，小声地禀报为玄无举办大型葬礼的日程安排。玄蒲听后，点头应允。她突然快步走出门外，大声地喊道："通知所有的三星堆居民，都到祭祀广场上集合！"

人群像潮水一样从四面八方涌向了祭祀广场，大家都戴着青铜面具，赤裸着上身，每个人身上都用彩泥绘画了各种各样的图腾。他们手持火把，嘴里念念有词，依依呀呀地围绕着三星堆祭祀广场转圈子，并在祭师们的引导下，跳起了祭祀舞蹈。

玄家指挥着士兵日夜不停地巡逻。玄蒲则站在祭祀广场上，主持着父亲的葬礼，接受着所有三星堆村民的祈祷。

葬礼刚刚才举行几个小时，天空中就开始慢慢变暗了起来。先是一团乌云从三星堆上空飘过，所有的人都没有十分在意。接下来，一大片乌云被巨大的暴风裹挟着，从西边的天空飘了过来。乌云所到之处，电闪雷鸣，狂风暴雨。

祭师抬头望了望天，一路小跑到了玄蒲的跟前，小声地问道："天公变脸，想是上天发怒了，葬礼是否继续？"玄蒲头也不抬就回答道："没有我的命令，不能更改！"

祭师重新跑回到祭祀广场的中央，再次指挥着三星堆村民，哼哼哈哈地又跳起了祭祀舞蹈。黑色的云团像一艘巨大无比的战舰漂浮到了三星堆上空，停了下来，一动也不动了。风停了下来，雨也停了。祭祀的人们正在奇怪地抬头看天的同时，黑色云团的一边，开始慢慢散开，露出来一大块蔚蓝色的天空。太阳从蔚蓝色的天空中射了下来，灿烂无比。蔚蓝色的天空正在慢慢变大，两头不断地在收紧，变窄。不一会儿，蔚蓝色的天空变成了一条蓝鱼的形状，而先前那一团巨大无比的乌云也变成了一条巨大的黑鱼。天空中，一条黑鱼和一条蓝鱼相互依偎，相互纠缠在了一起，两条巨大的鱼儿开始呈逆时针方向旋转。

祭祀广场上的人们都惊得目瞪口呆了，大家不再祭奠玄无，而是纷纷摘下青铜面具，跪在地上，不住地朝着天空磕头、祷告。

"快戴上面具！快戴上面具！"也不知道熊乾是啥时候从病房里面出来的。此刻，他正焦急地站在祭祀广场的旁边，朝着广场上的三星堆村民们大声地呼喊，让他们都不要摘下面具。

听到呼喊声，祭坛上的几名侍卫立即帮玄蒲戴上了金色面罩。所有的祭师也纷纷抢过青铜面罩，迅速地戴在了自己的头上。而台下那些惊呆了的三星堆村民听到熊乾的喊声后，无动于衷，还在傻傻地望着天空。

天空中的黑鱼和蓝鱼快速飞旋，越旋越大，越旋越低，还发出呼呼呼毛骨悚然的巨大响声。"下雨啦！""下雨啦！"三星堆村民以为下的是雨。

黑鱼和蓝鱼开始下雨，一颗颗鸡蛋般大小的雨点哗哗哗地落了下来，砸在地面上迅速爆开，亮晶晶的，滑腻腻的。有的落在地上，有的砸在头上，有的砸在树干上。

刚开始，人们感到十分好奇。大家还从来没有见过这么大的雨点，有的雨点儿落在地面上，还骨碌碌地滚动一段距离才爆开，然后散落一地。

那些雨点儿不是透明的，而是五颜六色的。玄蒲用脚踢了踢祭坛上滚来滚去的一颗彩色雨点，也觉得十分好奇。她想弯腰去捡一颗，拿在手里仔细地观察一下，就在她弯腰捡拾的一瞬间，脑海里面突然闪过一个念头：那天，熊乾大呼小叫，说有巨大的黑暗正在朝三星堆飘来，而且，黑暗中间还隐藏了巨大的阴谋，这彩色的雨点应该就是巨大的阴谋。

"不要碰那些雨点儿!"熊乾声嘶力竭地吼道。他正一瘸一拐地艰难地朝着祭坛上走去。

"嘭嘭嘭!嘭嘭嘭!"地面上所有的彩色雨点开始爆裂,五颜六色的雨点爆了一地,三星堆整个村子都像被涂上了彩色,甚是好看。

人们开始议论纷纷,有欢呼声,有好奇声,也有惊恐的声音。熊乾抓过一只青铜面罩,将自己的脸和头部遮得严严实实的。他走到玄蒲的面前,告诉她这是一个巨大的阴谋,让她立即告诉三星堆所有的村民,千万不要让皮肤触碰到那些彩色的雨滴。

玄蒲吃惊地问道:"碰了会有什么后果?"

熊乾摇了摇头,回答道:"我也不知道!我只是一种预感!"

玄蒲又问:"你一直昏迷不醒,怎么能预感得到呢?"

熊乾又摇了摇头,回答不上来。

这时,玄家带了一队人马朝祭祀广场上跑了过来。她边跑边喊:"三星堆居民都听着,我们遇到了最大的灾难!"玄蒲站起身,见妹妹惊慌失措的样子,立即迎了上去,询问道:"究竟发生了什么?"

玄家用手指了指身边的一排排大树,大家这才惊恐地发现,刚才还十分矮小的树苗,此刻正在哗哗哗地长大长高,地面上的各种小草也在嗖嗖嗖地上长。先前十分细嫩的小草的叶子，在接受了彩色雨点的浇灌过后，瞬间便长成了如筵席一样大小的叶片了，连地底下过去如米粒大小的蚂蚁，现在也正在长大成如一头头肥猪在地面上到处爬行。

三星堆村民人人都在发抖，浑身奇痒难受。突然，人群中发出了一声毛骨悚然的叫喊："哎呀！我究竟怎么啦？"大家从人群中循声望去，只见刚才发出喊声的那一个人，早已拔地而起，身高一下子长高了好几倍，在人群中像一根长长的细葱那样纤细、挺拔。

玄蒲说了声："不好！赶快躲避！"她一把拉过玄家就朝地下室奔跑。

熊乾也一瘸一拐地跟着姐妹俩跑进了地下密室。祭祀广场上的人们早已乱作了一团，所有皮肤接触过彩色雨点的村民都开始迅速生长，他们站立不稳，不断地东倒西歪，但又倒不下去，感觉到处是人，到处都是怪人。村里所有的大树都长成了参天大树，密密麻麻，遮天蔽日。树上结满了巨大的果实，苹果都像篮球那么大，香蕉就像木船那么长。而树底下到处是奔跑的巨大的像肥猪样的蚂蚁和巨蟒。哦，那不是巨蟒，其实那是地底下的蚯蚓长成了巨蟒。

熊乾和玄蒲、玄家躲进了地下密室。他们开始商量如何来对付这一场突如其来的灾难。

玄蒲问熊乾:"你身体完全恢复了吗?"

熊乾点了点头,表示已经好了,只是躺了那么久,腿脚有点笨拙而已,说:"我在昏迷期间,始终有一个影子在提醒着我,告诉我黑暗正在靠拢,黑暗中间隐藏了巨大的阴谋。"

玄蒲说:"玄家继续率领所有卫兵负责巡逻,做好抵御敌人入侵的准备。熊乾哥哥负责思考对付良策。我出去负责组织和疏散三星堆村民。"

这时,熊乾说道:"巨目神大哥已经在金沙村建好了另一个隐蔽住所,如何才能跟他联系得上呢?"

玄蒲这才十分吃惊地问道:"你见过拉克勒?还有玄殊,你也见过吗?他们究竟在哪儿呢?"

熊乾回答道:"拉克勒在金沙村修建三星堆第二居所,村里还没有染病的村民可以顺鸭子河漂流下去,玄菱和玄殊妹妹都和拉克勒在一起,她们在养伤。"

玄蒲和玄家听说两个妹妹也在金沙村,心头十分高兴。玄蒲继续追问道:"那我父亲是被谁杀害的?"熊乾痛苦地答道:"是他的老冤家乌鸦。上万只黑色乌鸦将我们俩团团围住,你的父亲是为了保护我而牺牲的。"熊乾将当天如何离开金沙村,如何途中遇险,以及如何同上万只乌鸦和地面的野人搏斗的经过简单讲述了一遍。玄蒲和玄家听得热泪盈眶，伤心欲绝。

三个人重新戴上沉重的青铜器面具，并用白色的纱布将手掌和脖子牢牢地裹住，这才从地下密室里面走了出来。在密室的外面，早已站满了上千名高大的卫兵。他们手持利剑，身高三十尺那么高，以前威武锋利的宝剑，拿在他们手里，就像一支细小的牙签，看上去十分的滑稽。

"卫兵也长高了吗？"玄家惊出了一身冷汗。她寻思道：我的天啦！幸亏这些卫兵还没有叛变！要是他们长高了后，都不听从我的指挥了咋办呢？

玄家从一队队卫兵的身边走过，她不得不仰起头来看他们并向他们发号施令。而所有的卫兵，此刻，由于身体突然长高了好几倍，都不得不低着头才能够看到他们的指挥官了。

他们开始绑扎木筏，想带领还没有受到伤害的三星堆村民，沿着鸭子河顺流而下，去找拉克勒新建的金沙村。但当他们刚刚才向河里面放下一只木筏的时候，河水中几百条巨大的鲤鱼突然张开大嘴，从水底下腾空跃起。一条红色的鲤鱼跃上了木筏，张开露着雪白牙齿的大嘴，几口就把刚刚编好的一条木筏啃噬干净了，只剩下两根木棒在水面上漂动。

曾经清澈见底的鸭子河，早已变得浑浊。河底下到处是巨大的鱼虾，在相互搏斗、厮杀，喷涌的血水染红了整条河流。

第十九章　外星恶魔

　　原来赫拉斯二百五十世和古尔丽夫妇抢走了黑色木盒后，便立即带回到了萨尔瓦西多星球，并在整个星球上设防，决不允许任何外来生命进入。

　　萨尔瓦西多星球是一颗类地球行星，上面也长满了植物和生活着各种各样的生物。但它们和地球上的植物和生物唯一不同的区别就是，生物体格巨大，植物长得老高。在萨尔瓦西多星球上，所有的生命都没有思想，它们也吸收营养，但营养全部用于长身体，所以各种植物都发疯般地生长。

　　赫拉斯二百五十世和古尔丽夫妇打开黑色木盒，翻来覆去地看了无数遍，却发现里面什么都没有，只有一条黑鱼和一条白鱼。

　　赫拉斯二百五十世十分失望，也非常气愤。他想，真是他妈的见了鬼了，自己辛辛苦苦历尽千辛万苦争夺回来的宝贝，居然空空如也，里面什么东西都没有，他将木盒重重地扔在地上。

　　古尔丽想起史书上记载的关于黑木盒和两条鱼的故事，觉得这个黑木盒肯定有神奇之处，立即俯身捡起，拿回房中，独自开始琢磨了起来。她从来都没有见过如此精美的木盒，而且里面画的两条鱼也活灵活现，做工十分考究，打磨得非常光亮，光亮得都能够照得出人影来。

她每天都打开木盒看一次，每一次都要看很久。她把那木盒当做镜子在使用了。久而久之，她简单的大脑里面就牢牢地映入了白鱼的形象。

就这样，一年过后，那个脾气暴躁头脑简单的赫拉斯二百五十世早就将黑色木盒一事给忘得一干二净了。而古尔丽则因为每天要打开木盒看一次，以至于她即使不打开木盒，也早已回想得起来木盒中的那一条白鱼了。

有一天，古尔丽突然要去参加一个晚宴，她想去找来木盒欣赏一下自己的打扮，脑海里面便冥想了一下木盒中的那条白鱼。突然，她的太阳穴里面便涌出来无数条白鱼，在她的眼前不停地游动、漂浮。她吓了一大跳，大吼一声过后，所有的白鱼立即便消失得无影无踪了。

萨尔瓦西多星球上面有水，也有鱼。但和地球上面的鱼不一样，萨尔瓦西多上面的鱼十分凶猛，犹如地球上面的猛虎一样凶残，所以，古尔丽见到自己太阳穴里面漂浮出来那么多白鱼后，才吓得晕了过去。

恶魔赫拉斯二百五十世听到妻子的惊叫声后，立即跑了过来，将她扶进屋里。待她苏醒过来后，便仔细地询问她刚才究竟遇到了什么，为什么会吓得昏晕了过去。

古尔丽依然心有余悸，整个大脑空空如也，再也不敢去想黑色木盒里面的那条白鱼了。

赫拉斯二百五十世不停地追问："亲爱的，快告诉我，是什么让你吓晕了过去？"

古尔丽不敢说，只是伸手指了指那只放在桌子上的黑色木盒，示意丈夫赶快拿走。

赫拉斯二百五十世微笑着走过去，拿起那只黑色木盒，一把拧开盒盖，翻来覆去地看了几遍，里面依然什么也没有。他对古尔丽调侃道："哈哈，我看你肯定是脑子出了问题吧？就这么个破盒子会把你吓晕过去？"

赫拉斯二百五十世就这么一说，古尔丽的大脑也就开始随着他的话语进入了木盒，木盒中的那一条白鱼其实早就深深地印在了她的记忆深处了。瞬间，上万条白鱼又从她的太阳穴深处漂浮了出来，在她和赫拉斯二百五十世面前形成一条巨大的白鱼，不停地游动，还眨巴着眼睛。

古尔丽再次吓晕了过去，赫拉斯二百五十世也吓得夺门而逃。白鱼也就立即消失了。

过了几天，赫拉斯二百五十世想：看来，这个黑色木盒还真的不那么简单，里面居然深藏着这么巨大的秘密啊。我们何不抓几个人过来试验试验呢？如果他们的大脑里面也可以飘出来一条大鱼，那咱们就用这两条大鱼去征服宇宙。他越想越兴奋，越兴奋越觉得很值得冒一次险。如果实验成功的话，他首先就要带上木盒子去征服地球。

赫拉斯二百五十世将这个想法和妻子古尔丽商量，古尔丽先是不答应，因为她压根就不想再看到木盒。但赫拉斯二百五十世的脾气古怪，性格也十分倔强，他说出来的事情，谁也无法阻拦。

他们夫妇俩从侍从里面找了两个人来，命令士兵将他们俩五花大绑起来，然后再命人拿着那只黑色木盒，让他们二人目不转睛地盯着看。他想试验一下，他们看了会怎么样，太阳穴里面还会不会飘出来大鱼。

那两个被绑的侍从，根本就不明白主人让他们目不转睛地看木盒上的黑鱼和白鱼有何用意，但主人的命令谁都不敢违抗，所以就只好一刻不停地盯着那两条鱼看。他们越看越恐怖，越看越不想看，以至于一个侍从被吓得昏倒在地。

赫拉斯二百五十世一脚踢开那个晕倒的侍从，大声命令再绑一个过来。卫兵们立即又押了一个过来,将其五花大绑后，命令其跪在黑色木盒前，眼睛不许眨，一刻也不能停止，要死盯着那两条鱼。

古尔丽再也不敢看那只黑色木盒了，她现在连想都不敢想了。所以，只要赫拉斯二百五十世每天绑了侍从去看木盒的时候，她就独自躲在屋里，哪里也不出去了。

恶魔赫拉斯二百五十世的试验，最终失败了。无论他绑多少侍从来看木盒，都没有任何反应。他一气之下，抬脚踢开了两个侍从，一把抓起盒子，气冲冲地回到了卧室，将木盒扔在古尔丽面前，大声地喊道："是不是你在那里故弄玄虚？为什么他们看了那么久什么反应都没有？"古尔丽知道丈夫的古怪脾气自己是惹不起的，于是，她在丈夫的胁迫下，颤抖着手想去拿过木盒，却被赫拉斯二百五十世伸手按住。

赫拉斯二百五十世冲古尔丽吼道："告诉我，你究竟是怎么办到的？快让那条白鱼现形。"古尔丽闭上眼睛，小心翼翼地开始冥想起了木盒中的白鱼来。待到白鱼出现时，赫拉斯二百五十世松开按住木盒的手，眼睛一眨不眨地紧盯着盒盖上面的那一条黑鱼。他寻思，何不让自己也来试一试呢？尽管萨尔瓦西多星球上所有的人都十分惧怕鱼，但是他想，越是惧怕，那我就越要拥有。

就是从那一刻开始，萨尔西多星球上的恶魔头子赫拉斯二百五十世开始有了一点点哲学思想。他详细询问了古尔丽，并开始按照古尔丽的方法冥想木盒上的鱼。刚开始时，由于他内心浮躁，根本就安静不下来，连续试验了几天，都没有成功。直到有一天，他午睡起来，精神饱满，心情也很好，就一把拉了妻子古尔丽出门去散步，在散步的途中，他脑海里随便想了一下木盒上的黑鱼。突然，他的太阳穴的两边竟飘出来无数条细小的黑鱼，那些细小的黑鱼慢慢地游动，慢慢地汇合，最后汇聚成了一条巨大的黑鱼，张开大嘴，露出锋利的牙齿来，十分凶猛地摆动着尾巴。

赫拉斯二百五十世吓得转身就跑，古尔丽也跟着逃跑，而那条黑鱼却并不去追赶，在半空中瞬间便消失了。

赫拉斯夫妇气喘吁吁地跑回家里，躺在地板上喘了会儿气，稍事休息过后，赫拉斯二百五十世这才把他内心深处的巨大阴谋讲给妻子听。他说，他想先征服地球，然后再征服整个宇宙。

古尔丽问他为什么要先征服地球？赫拉斯二百五十世哈哈大笑了起来。他说："他们比我们笨！"

古尔丽继续问道："我们怎么去征服？"

赫拉斯说："复制，复制，对，就是复制！咱们将萨尔瓦西多星球上所有的东西都复制到地球上面去。"

古尔丽从丈夫的眼神中仿佛看到了希望和成功。她想，丈夫一旦征服了地球，再征服了整个宇宙过后，那自己不也就跟着享受了吗？我何不也好好地和他配合呢？

就这样，古尔丽也不再头脑简单了，她也开始有了思想，原因就是她看了木盒里面的鱼。

赫拉斯二百五十世和古尔丽一想到即将要征服整个宇宙，心情大好，狂笑了起来。

他们俩说干就干，尽管内心十分害怕，但经过几次小心翼翼的试验过后，他们又发现从大脑中漂浮出来的黑白游鱼，尽管模样看上去十分凶猛，但却不攻击他们。而且，一旦他们不去想时，游鱼就会立即消失。

赫拉斯二百五十世的想法古怪，从他大脑中飘浮出来的游鱼就张牙舞爪，形状古怪，看上去也十分邪恶。古尔丽的内心十分毒辣，从她大脑中飘出来的游鱼虽然表面温顺，内心却很毒辣。两条游鱼一旦同时出现，便立即纠缠在了一起，互不相让，你追我赶，相互撕咬，不停旋转。

赫拉斯二百五十世命令萨尔瓦西多星球上的卫兵赶快去收集各种植物的液体和动物身上的血液，将所有的液体和血液都混合在一起，然后搅拌均匀，随时待命，将液体喷洒下去，让地球上所有的一切都立即得到改变，都复制成萨尔瓦西多星球的模样。

待到一切准备就绪，赫拉斯二百五十世和古尔丽就端坐在云端太空战舰里，苦苦地冥想，让黑白双鱼出现。两条巨大的游鱼从萨尔瓦西多星球慢慢地向地球移动，并不断地接近。两条游鱼受恶魔的控制，赫拉斯二百五十世首先想到的就是要先改变三星堆的模样，于是他和古尔丽不停地冥想，不停地指挥着黑白游鱼靠近了三星堆。两条邪恶之鱼，在三星堆上空不停地喷吐彩色液体，彩色液体像雨点一样从半空中落下，落在三星堆的每一个角落。

三星堆的人们毫无防备，所有的植物都开始疯长，瞬间便长成了参天大树，直冲云霄。植物上面都结满了巨大的五颜六色的果实，和萨尔瓦西多星球上面的果实一模一样的大。地面上的小草也渐渐长高，三叶草的叶子大得出奇，像皇帝出行时的巨大华盖。一朵朵巨大的蒲公英在半空中迎风飞舞，像柔软的云团漂浮在半空中。肥硕巨大的蚂蚁像一群群野猪，在地面上到处乱跑乱拱。所有的蚯蚓再也不甘心生活在泥土里面了，由于它们瞬间便长成了像巨蟒那样粗壮，食量也突然猛增了，七八条蚯蚓就将整个三星堆的土地彻底地翻了一遍。

赫拉斯二百五十世和古尔丽得逞了，它们从地球上抢走了黑色木盒，而那个木盒里面的黑白双鱼其实就是人类无穷尽的思想精髓。然而，思想也具有多面性，也是双刃剑。当邪恶吸收了它，就会越来越邪恶。当善良吸收了它，就会越来越善良。

赫拉斯二百五十世和古尔丽在三星堆上空，不停地狂笑，不停地倾倒萨尔瓦西多星球上邪恶的液体。地球人类文明正在经历着一场十分痛苦的破坏和蹂躏。

熊乾叮嘱玄蒲和玄家，让她们赶快率领三星堆居民趁着夜色，尽快向金沙村撤离。他自己则端坐密室底部，独自冥想，将正义的黑白双鱼合二为一。

两条巨大的黑白双鱼从密室里面突然窜出，漂浮在空中，先是飞速旋转了一阵，然后就像勇士般去参加战斗，如闪电般地划破了天空，只听得宇宙中轰隆隆的响声不绝，震耳欲聋，地动山摇。熊乾的无影刀和赫拉斯古尔丽夫妇指挥的邪恶双鱼正打得不可开交，正邪两股力量纠缠在了一起。

第二十章　熊乾复活

玄蒲和玄家遇到了巨大的问题，她们率领着大队人马从三星堆走出，可四面八方都是茂密的森林，盘根错节，遮天蔽日。森林里面突然一下子就多出来了无数体格高大、凶残威猛的巨兽，哪怕是一群蚂蚁挡道，她们都很难跨越过去。曾经，在三星堆人的眼里，猛犸象才是最大的，但都被他们所驯服了。而到了今天，横亘在人们面前的又岂止是猛犸象了呢？过去那些对人类忠心耿耿的小狗，也突然变成了像猛犸象那样高大的动物了。小狗们曾经都很温顺，那是因为它们有自知之明，它们明白自己矮小的身材无论如何是打不过人类的。但是，今天的情形彻底地改变了，小狗们突然意识到它们的机会终于来了，它们昔日矮小的身材突然发生了逆转，人类在它们面前变得如此的矮小和卑微。于是，它们就不断地朝三星堆居民发起了猛攻。蚂蚁们也一样，毫不放过眼前反攻人类的机会。

玄蒲率领了三千人准备从地下密道逃出去。但是，十分熟悉地底下的无数条蚯蚓却早已料到，它们只轻轻地放一根尾巴就把地下密道给严严实实地堵住了。

蚯蚓们再也不惧怕巨蟒了，因为它们用不着化妆，自己巨大而滚圆的体格就完全可以冒充一下昔日的地下霸主了。

玄蒲吓出了一身冷汗，她完全没有想到，其实整个三星堆的泥土之下，更加险恶，更加不可预测。她和妹妹玄家商量了一下，决定不走陆路，还是组织大家从水路突围好。

人类从来都没有把水里面的鱼放在眼里过，三星堆的人也不例外。

玄家再一次组织好卫兵，手持长矛和青铜利剑，戴上头盔和青铜面罩，砍伐了几百株高大的圆木，捆绑成一艘艘巨大的木船，木船的四周也绑扎了各种尖锐利器，准备强行从鸭子河顺流而下。

远远看去，那些巨大的木船四周被绑上了长矛利剑过后，就像一只巨大的刺猬一样漂浮在鸭子河上。

玄蒲挑选了五百名勇士作为敢死队，准备坐上十八艘刺猬样的木船在前面探路。鸭子河岸，战鼓雷动，锣鼓喧天。几百名幸运的三星堆村民在岸上排好队，在等待上船。由于他们事先防护得好，没有沾染上彩色雨点，才被允许第一批乘坐上十八艘探路船出发。

玄家一声令下，竖立在岸上的几十面羊皮大鼓被敲得震天动地响，十八艘刺猬样的大型木船被岸上的人砍断缆绳，正式起航，朝着下游金沙村的方向驶去。

木船刚刚驶出三星堆不远,一阵阵刺耳的呼啸声自鸭子河下游逆流而上,径直朝着河面上的船队袭来。船上的士兵严阵以待,手举长矛长枪和青铜利剑,巫师们在甲板上不停地祷告,祈求一路平安。然后,水面下几万只巨大的红色鲤鱼列成整齐的战阵,张开巨大的嘴巴,露出尖利的牙齿,直奔船队而来。

在萨尔瓦西多星球,鲤鱼才是最凶猛的野兽,就连恶魔头子赫拉斯二百五十世自己见了鲤鱼都会吓得瑟瑟发抖。而地球上的人类却一直都没有把任何鱼类放在眼里,这次也不例外。他们还像平常捕鱼那样,漫不经心地等待着给跃上水面的鱼群以迎头痛击。

可是,鸭子河里的那些鲤鱼在喝了彩色雨滴过后,突然就发生了巨变。以前,地球上的鱼是十分愚蠢的,它们总是不长记性,一次又一次地被人类捉弄,一次又一次地被鱼钩钓上了岸,成了三星堆村民的盘中美味。今天,一切都发生了逆转。领头的一条鲤鱼,个子虽然不大,却很有思想。它突然就回忆起了过去人类对它所做过的一切卑鄙而可耻的行为。它的嘴唇上还有一块伤疤和一个锈迹斑斑的金属鱼钩,鱼钩上面还带了一根白色的丝线,以至于它至今说话还略带口吃。它突然停止了游动,尾巴一摆,命令身后上万条鲤鱼原地待命。它转过头来,在第一排冲锋队员面前游了一圈,然后再回到中间,大声地喊道:"鲤鱼家族的勇士们,大家听好!千百年来,咱们鱼族受尽了折磨,历经了各种五花八门的磨难。人类的案板和铁锅,成了我们子子孙孙共同的坟墓。尤其是那鱼钩,那该死的鱼钩,一次又一次对我们进行羞辱,欺负咱们没有记忆!死则死矣,为什么还要一次次用诱饵来欺骗我们?今天,那些钓鱼人终于把咱们都教聪明了!今天,咱们雪耻的日子终于来啦!冲——啊——!"

一群鲤鱼溯流而上,它们张开背上的鱼鳍,在水面上划出了万千条水痕,直奔大木船而去。

只听得嗖嗖嗖几声响起,冲在最前面的鲤鱼敢死队,腾空而起,轻而易举就咬住了那些士兵们的脖子。十八艘大木船还没有来得及反抗,就彻底地被几万条鲤鱼啃噬得精光。

鱼群继续逆流而上,将河道两边所有的树木、水草和一切有生命的东西纷纷吞噬干净。昔日安详宁静的鸭子河,再也没有了往昔的宁静。河底的螃蟹、虾子、贝壳等永久性居民,尽管它们也变得身形巨大,但在凶残的鲤鱼群面前,就显得更加的渺小无比了。它们纷纷上岸,弃家出逃,惊慌失措地朝着三星堆方向爬去。

恶魔赫拉斯二百五十世和古尔丽夫妇坐在半空中俯瞰着三星堆乱成了一锅粥，心头甚是高兴，禁不住狂笑了起来。

尽管熊乾的无影刀在天空中划来划去，赫拉斯二百五十世和古尔丽夫妇也只是顺手应付应付而已，毕竟无影刀没有办法控制住地底下那些凶残无比的动物和参天植物。

赫拉斯二百五十世指挥着鸭子河里的鲤鱼群，在河堤上撕开了一道口子，让滚滚的洪水漫进熊乾藏身的地下密室。鱼群顺着洪水而下，密密麻麻地爬上了密室坚硬的墙壁，用锯齿般的牙齿使劲地啃咬石壁。

熊乾端坐在密室下面，只听得滚滚洪水从密室的顶端倾泻而下，石壁外面凶残的鲤鱼群正发出巨大的嘶鸣声。他心里十分明白，和恶魔赫拉斯二百五十世决一死战的时刻就要来了。他从半空中召回无影刀，在石壁上展开了血腥的杀戮。一群群身形巨大的红色鲤鱼纷纷落地，被无影刀切割成两段。但鸭子河就像养鱼场一样，不停地有成千上万条红色鲤鱼从下游涌来，直奔熊乾的地下密室。领头的那条红色鲤鱼，腾地一声，便跃上了密室旁边的一颗大树，它站在树干上面，大声地呼喊道："鲤鱼家族的勇士们，我们不要再做无畏的牺牲，强攻不下，就用巧力！咱们去抓几条蚯蚓过来，让它们帮我们钻洞，我就不相信攻不下区区一个地下室了！"它话音刚落，熊乾的黑白无影刀便嗖地一声从它脚底划过，将那棵几十人才能合抱的大树整整齐齐地割断。红色鲤鱼脚下一滑便从树干上掉落下来。

无影刀直奔鲤鱼头领而去，其他的鱼群见势不妙，立即掉头对付无影刀，双方在三星堆广场上对攻。

由于受伤很严重，才刚刚恢复过来，熊乾攻打了一阵过后，渐感体力不支，而其他的人又顾及不上，他只得边打边退，想撤回无影刀，先休息一会儿再说。

玄蒲和玄家眼看鸭子河里凶残无比的红色鱼群，也是惊得目瞪口呆了。他们不停地指挥着三星堆村民分成东西两路撤走。大家再也顾不得猛兽的凶险了，所有的人包括小孩和妇女，纷纷戴上了青铜头盔和面罩参加战斗。

眼看无影刀的威力越来越小，红色的鲤鱼暂时领先，玄蒲和玄家心头一急，便变幻成两只金色的凤凰，命令其他的人赶快逃走，她们俩则返回到熊乾的地下密室跟前，对准密室上面的鱼群，口喷蓝色火焰，将它们活活地烧死。

两条长长的蚯蚓也来助阵，它们从鸭子河堤岸开始，一头钻了下去，对准熊乾密室的方向不停地吞噬着地底下的泥土。蚯蚓钻一截，成千上万条鲤鱼们就大声叫嚣着游在它的身后。

玄蒲和玄家看着两条蚯蚓突然钻入了地底,正朝着密室大门地下的通道挖去,十分着急。她们俩同时高高跃起,在密室的上空盘旋飞转,大声地鸣叫,提醒着地底下的熊乾一定要注意。

熊乾听到了玄蒲和玄家的警告声,便立即冥想静坐,不管洪水已经淹没至了胸口,黑白无影刀仍嗖嗖地飞出,哗啦啦几声响过,无影刀从蚯蚓挖洞的地方横切了下去,将两条蚯蚓切割成了四节。蚯蚓也毫不示弱,用半截身子继续向前挖掘。一群鲤鱼们在后面不停地欢呼和鼓掌,对蚯蚓的勇敢行为进行表扬。

无影刀再次腾空而起,直接对准两条蚯蚓的头部割了下去,然后又平飞了一阵,钻入泥土,将地底下的断节蚯蚓从中划破,彻底制服了它们。

熊乾额头上大汗淋漓,洪水不停地漫灌,已经快要淹没了他的颈项。而外面的鲤鱼还在从下游源源不断地涌来,密密实实地将整个地下室给盖住了。他想起了父亲和弟弟,真不知道它们现在是否还在竹林。

赫拉斯二百五十世和古尔丽见蚯蚓失去了威力,又想出来一招。他将萨尔瓦西多的剧毒树液喷洒了下去,只见刚才还挺拔倔强的参天大树，突然发怒，树叶翻飞，枝条到处乱摆。那些盘根错节的树根慢慢地苏醒和复活，纷纷从树底的泥土下面爬了上来，不断地延伸，朝着密室的大门爬了过去。

玄蒲和玄家在密室的上空盘旋飞舞，眼看着密密麻麻的树根快要爬满大门，然后树根就会把厚重的石门轻而易举地扒开。她们立即口喷蓝色火焰，对准石门上的树根烧了过去。树根被烧成了灰烬，树干狂怒地咆哮了起来，他们疯狂地生长，直冲云霄，然后利用所有茂密的枝条做掩护，将整个三星堆地下密室严严实实地给盖住了。

熊乾在下面突然感觉到了巨大的黑暗和恐惧。他召唤无影刀不停地旋转，去切断茂密的枝条和粗壮的树干。但是，三星堆里面的几万棵大树都被赫拉斯调动了起来，纷纷从四面八方猛扑了过来。熊乾被严严实实地困在了下面。

玄蒲和玄家气得口喷烈焰，腾空而起，径直朝着天空中不停旋转的黑鱼和蓝鱼而去。她们俩此刻才完全明白，原来地面所发生的这一切，都是这两个恶魔在统一指挥和调度。如果不将眼前这两个恶魔铲除，三星堆是绝对不能保存下来的。

姐妹俩为了救熊乾和三星堆，完全是使出了与恶魔同归于尽的打法。她们在半空中逆时针飞奔，想用口中的火焰将赫拉斯二百五十世活活地烧死。

夜幕降临，天空中两条蓝色的火焰显得格外明亮和醒目。火焰的光亮照亮了整个三星堆，也照亮了鸭子河下游的金沙村。地面上所有的三星堆人纷纷匍匐在地，不停地含泪祷告。他们心里头都很明白，玄氏姐妹这是在和恶魔拼死一搏了。

这晚，拉克勒正准备休息，眼看见北面的天空中划出两道美丽的蓝色火焰，再联想到白天鸭子河里面鲤鱼翻飞的可怕场景，他突然就意识到了三星堆里面是遇到了什么麻烦。他一个翻身，便爬上了树梢，竖起耳朵仔细聆听，只听得玄蒲在半空中呼叫他的声音。他立即跳了下来，拉起正在熟睡的玄菱和玄殊，对她们俩喊道："快快快，三星堆遇到了巨大的麻烦！"

玄菱和玄殊立即坐起，随同拉克勒走出了房间，她们站在空旷的祭祀广场上面，抬头仰望。妹妹玄殊大声喊道："快走，姐姐有危险！"她话音未落，便拉着玄菱的手，一齐向天空飞去。

巨目神拉克勒招来几千名将士，吩咐他们马上驱赶几万头猛犸象赶回三星堆，去迎接路上逃难的三星堆村民。他自己则发足狂奔，一口气跑回到了三星堆里面。

拉克勒比玄菱和玄殊还先赶到三星堆。当他站在祭祀广场上，四目眺望，整个三星堆村早已面目全非，祭祀广场上

217

到处是东倒西歪的尸体,并且那些尸体看上去体格比自己还要高大粗壮。地面上到处都是五颜六色的印迹。所有的建筑都已经被破坏,昔日修剪整齐的树干和草坪,现在已经变得杂草丛生,并且所有的树木都长成了参天大树,整个三星堆变成了原始森林,树下的杂草也高大茂密,叶片肥硕,像一把把锋利的锯齿一样,发出阴冷的寒光。地底下的树根纷纷冒了上来,盘根错节,纷繁复杂,树根正在张牙舞爪地疯狂生长,将整个三星堆像编织地毯一样严严实实地包裹了一层。

见此情景,作为三星堆的保护神,他也没有了任何办法,双手低垂地独自站立在祭坛的上面。

这时候,玄菱和玄殊同时赶到。她们俩立即加入了两个姐姐的战阵。四姊妹张开凤嘴,同时口喷烈焰,将赫拉瑟和古尔丽夫妇团团包围住,呈逆时针在天空中飞舞。

大姐玄蒲对妹妹玄殊吼道:"玄殊,你下去帮熊乾,他被困在地下室了!"

玄殊应了一声:"是!"便停止飞旋,径直朝地下密室飞去。

当玄殊飞到地下密室的上空时,不禁傻了眼。只见几万株大树的树根爬满了地下密室的墙壁,树根东绕西缠,蓄积力量,正在准备扒开厚重的石壁大门,并且,已经有十几条树根早已找到了密室的缝隙,正在慢慢地往缝隙里面钻进去。

而树根的上面，正在不断地涌来上万条红色鲤鱼，张牙舞爪地跟在树根后面，等待着树根破壁的那一刻到来。

洪水慢慢地淹没了熊乾的脖子，他只得站了起来，在密室里面走了一圈，找了一点儿玄殊曾经给他准备的食物，狼吞虎咽地吃了下去。他摸了摸身上的伤口，还隐隐作痛。

玄殊在密室的上空飞旋了几圈过后，发现枝繁叶茂的树枝早已搅在了一起，而且对她也是充满敌意，只要她往地下室一飞近，那些粗壮的树枝和树干就立即嗖嗖嗖地朝她打了过来。她不敢贸然进攻，因为几万株巨树联合在了一起，真的是威力无比。

她不停地在密室上空鸣叫，想让底下的熊乾知道是她回来了。然而，密密麻麻的树根早已堵死了所有的缝隙，就连声音和空气也是无法穿透进去的了。

熊乾在下面苦苦地思索着办法。他想到了父亲曾经说过的话："乾儿，以后你在任何时候都不要惊慌，只要你心中有乾坤，便能够神闲气定。"他想：什么是乾坤？什么是乾坤？父亲给我取名叫熊乾，弟弟叫熊坤，熊乾和熊坤，难道是要我们兄弟俩合体，才能够对付外面那些妖魔吗？不，弟弟不在身边。乾坤？乾坤？他回想起了父亲曾经给他看过的太极八卦图，乾在西北方，坤在西南方。哦，对了！父亲还说过的，乾是阳，坤是阴。一阳一阴，合二为一就是乾坤！

他想："我是阳，我是阳，那么谁是阴呢？"他将疲倦的身子重重地倚靠在石壁之上，突然，他寻思道："天为阳，地为阴。外面是阳，里面为阴。"

熊乾就这样，一点一点地将木盒里面的所有文字逐字逐条地背诵了一遍，然后又将木盒里面的两条大鱼重新回想了两遍。突然，一条巨大的黑鱼漂浮在了他的眼前。黑鱼眨巴着大大的眼睛微笑着望着他，示意他跟着它走。

黑鱼摆动着尾巴，快速地游到熊乾的面前，冲他微微一笑，然后张开大嘴，一口将熊乾含进了嘴里，然后，掉头游进了另一个维度里面去了。

玄殊在半空中兀自着急，焦急地鸣叫，突然看见眼前游来了一条黑鱼。她瞬间便明白了，熊哥出来了！她既惊且喜，眼泪也禁不住簌簌地流了出来。

黑鱼朝玄殊笑了笑，尾巴轻轻一摆，围绕着她旋转了一圈，如鱼得水似的自由自在。玄殊瞬间便变成了一条白鱼。两条巨大的黑白双鱼，相亲相爱，亲密无间地在太空中追逐，一种巨大的能量就在他们俩的亲密追逐之间渐渐地蓄积。

第二十一章　血战三星堆

拉克勒站在祭祀广场上呆呆地出神。他想不出任何解救的办法。只得绕着三星堆发足狂奔了几百里，视察了一圈他昔日的守护范围，却发现整个村庄，到处都充满了杀戮和血腥，就连曾经可爱的花儿，也对他不再那么友好了。昔日非常温柔的蒲公英，他连碰都不敢去碰一下了，只要拉克勒一靠近，那些棉团样的花蕊就将他死死地缠住，撕咬。

拉克勒追上一群三星堆逃难的人，告诉了他们逃难的方向，并拉过来几个将领，让他们沿着森林中的小路前去和来解救他们的猛犸象群会合。

然后，他又重新返回到三星堆，捡起祭祀广场上人们惊慌失措丢失下来的一个巨大的青铜面具，戴在自己的头上，手里拿了一把锋利的青铜宝剑，径直朝着那一个正在张牙舞爪蛊惑鱼群的红色鲤鱼头子走了过去。

拉克勒走到鱼群面前，双手在腰上一叉，大声地吼道："哪里来的妖魔？胆敢在我的领地上面撒野，赶快给我滚出去！"

鱼群集体转过头来，瞧着巨目神古怪的面容，再看看他手中的利剑，一副毫不把他放在眼里的样子。

鱼群哈哈哈地狂笑了起来。拉克勒的脸都气得发紫，但他还是沉着冷静地观察着鱼群首领的一举一动。这时，地底下的树根看到巨目神似曾相识的样子，但又不敢跑过来向他打招呼。所有的树根和树干都停止了扭动，都安安静静地紧盯着拉克勒，不知道他究竟要干什么。

红色鲤鱼头子从鱼群中走了过来。他十分蔑视地围绕着拉克勒转了一圈，说："哼！有种的就给我摘下面具，我今天倒要看看你是何方神仙！"

拉克勒左手叉腰，右手握剑，双眼从青铜面罩后面，一眨不眨地紧盯着眼前的红色鲤鱼。他凭借多年在三星堆做守护神的经验来判断，眼前这条红色鲤鱼，如果和自己单打独斗，自己或许还有胜算，但如果几百万条鲤鱼集体向自己发起进攻，那就完全没有了活命的余地。但作为一名人类文明的永久守护神，说什么也是不能在敌人面前退缩的。他张开大嘴，声若洪钟地大声说道："妖孽，你给我听着！这里是三星堆，属于我巨目神管辖的范围。千百年来，还没有哪一方妖魔鬼怪来这里滋生过是非！我是谁？量你们也不知道我的大名，说出来会吓死你们！不过，我犯不着亲自动手，免得你们的鲜血玷污了三星堆！"

鱼群中间又是一阵邪恶的狂笑。

拉克勒继续说道："有本事就一个一个地来和我过一过招，本大神愿意奉陪到底。"他寻思，要是以一敌十还勉强可以，但如果要自己以一敌万的话，那可就麻烦了。大丈夫能屈能伸，宁可智取也不可鲁莽，先拖延一阵子时间，待到天空中的几姊妹收拾完了那两个恶魔后，再来汇聚力量，将眼前这一群邪恶的鱼群给收拾干净。

鲤鱼首领转过身去看了看还在继续涌上岸来的鲤鱼们，然后他转过身来，轻蔑地看着拉克勒，说道："我明白了，你是想和我单挑是不是？你以为我真的没长记性吗？你以为我会再上你的当吗？你看看我嘴里面还残留下来的鱼钩和鱼线！今天，我要率领众兄弟们，一举踏平三星堆！为那些千百年来葬身在你们肚子里面的鱼儿们报仇雪恨！"

拉克勒顿时惊出了一身冷汗。几千年来，他尽心尽责地守护着三星堆文明，但心头却一直都没有瞧得起水里面的那些鱼，怎么今天这一条鲤鱼说出来的话，简直是振聋发聩！而且，还特有思想。他抬头仔细瞧了瞧鲤鱼头领，发现他的嘴巴里面确实还残存着一根白色的钓鱼线。

大树遮天蔽日，熊乾和玄殊在三星堆上空，根本就看不清下面的情况。所以，他们也就无法帮上巨目神哥哥的忙了。

鲤鱼首领突然尖啸一声，其他所有的鲤鱼安静了下来，全都眼巴巴地紧盯着拉克勒。拉克勒双手握紧了青铜利剑，剑尖向下，剑锋向前，青光闪闪。鲤鱼首领腾空跃起，张开锯齿般的牙齿，疾风骤雨般地从半空中扑向了拉克勒。拉克勒以静制动，双脚分开，稳稳地扎了一个马步，然后举起利剑，一招泰山压顶，直奔鲤鱼首领的心脏而去。鱼群听到号令，犹如万箭齐发，纷纷呼啸着朝拉克勒猛扑了过来。

熊乾和玄殊合体过后，突然听见了下面树林中发出了尖利的呼啸声，那个声音他十分熟悉，在受困于地下室的时候，他就仔细聆听过。他对玄殊使了个眼色，黑白双鱼嗖地一声便割开了茂密的树枝，像一堵巨大的无形的墙一样阻隔在了拉克勒和飞跃的鱼群中间。前面的鱼群重重地跌落在地面，后面的鱼群蜂拥而至，像叠罗汉一样压在前面的鱼身上面，相互挤压撕咬，完全失去了理智，杀红了眼。

巨大的屏障阻断了鲤鱼首领的后援，它不得不一对一地和拉克勒进行搏斗。鲤鱼一个摆尾，重重地扫在了拉克勒的左肩之上，血流不止。拉克勒并不急于进攻，而是看准了鲤鱼反转的方向，看清了鲤鱼的进攻招式，无非就是利用了尖利的牙齿和尾部的尾鳍，而他背上和腹部的三个鱼鳍却是只守不攻的部位。剑交左手，唰唰唰唰四剑，以快制胜，分刺鲤鱼首领的头部、背鳍、腹鳍和尾鳍。鲤鱼首领接连出了五招都没有一招制胜,心头开始发急。心想,眼前这个大个子,形貌奇丑,却也不是一个随随便便便能够打败的人。他突然又一个鲤鱼打挺,头下脚上,张口咬住了拉克勒的左腿,尾鳍像一把锋利的板斧一样朝他的面部劈来。拉克勒闪避不及,只听当的一声,尾鳍重重劈砍在了青铜面罩的上面。拉克勒向后一仰,背心贴地,双脚一挺,左手青铜利剑横削,削掉了一大片红色的鱼鳞。鲤鱼首领立即松口,就地打滚。双方打了一个平手。

拉克勒的左腿被咬,血流不止。红色鲤鱼的下腹也殷红一片。拉克勒心想,这肯定是一条千年鱼精,可他为什么要对人类这样凶猛仇恨呢?而且还亲自率领了成千上万条鲤鱼前来进攻,难道我三星堆和他有什么过节?自己在三星堆也生活了几千年了,却从来都还没有听说过三星堆和鸭子河里面的鲤鱼有什么过节呢,他嘴上的鱼钩鱼线也不是三星堆人的。

拉克勒见红色鲤鱼离开水面已经有一会儿了,正在大口地喘着粗气,便立即抓住难得的机会,举剑斜刺,直指鲤鱼左边的太阳穴,想一剑毙命,致其于死地。红色鲤鱼却并不闪避,反而故意露出整个鱼头,待拉克勒的利剑递来,瞄准他的下腹,霸王弯弓,鱼腹上一排锋利的鱼鳍在拉克勒的肚腹上划了一条长长的口子，鲜血直流。

拉克勒急忙收剑下削，保护自己的胸腹，这才没有被鲤鱼彻底划开肚子。他吓出了一身冷汗，连背心都起了鸡皮疙瘩。心想，要不是自己横剑回守，这会儿只怕早已开肠破肚了吧？

这时候，熊乾和玄殊的黑白双鱼嗖嗖嗖地杀向了鸭子河边。所有的鲤鱼不再涌上岸来了。它们都呆呆地望着头顶上不停旋转的黑白双鱼，一种似曾相识但又十分不解的表情挂在脸上。鲤鱼们根本就不懂那是什么，看上去像鱼，却对它们毫不手软。鱼群们吓得魂飞魄散，纷纷开始涌进鸭子河，开始夺路逃命。

拉克勒和鲤鱼首领斗得正酣，突见其他的鱼群纷纷撤退，也颇感意外。鲤鱼首领无暇顾及身后的情况，大批鱼群正在逃命，他却无法料到，依然独自在那儿上下翻飞，奋力搏杀。

拉克勒见状，边刺边笑着说："呆子，你现在投降逃命还来得及。"鲤鱼首领回答道："为什么是我逃命？我还没有输啊。"拉克勒继续舞动利剑，一招闻鸡起舞，剑锋急转，嗖嗖嗖嗖几招，分点鲤鱼的左眼右眼和鱼头鱼尾，逼得红色鲤鱼只有招架之功无还手之力了。

"且慢！可否容我说几句？"鲤鱼首领一边招架一边说道。拉克勒并不想就此上当，他口中回答道："说吧！你巨目神爷爷听着的呢！"他嘴上说着，手上却一刻也没有放缓。

鲤鱼首领问道："刚才那两条黑鱼和白鱼是怎么回事？"

拉克勒："我也不知道是怎么回事。可能就是你们的祖先吧！见了你们的祖先也不磕头，还要来我这儿惹是生非！"

鲤鱼一边拆招，一边后退，但它嘴里还在问道："为什么是黑色和白色？"

拉克勒笑嘻嘻地回答道："你肯定是野种，所以你自己才是红色的，而你们的祖先就是那两个颜色吧！"

红色鲤鱼退到岸边，拼命一个后翻滚，哗地一声便沉入了鸭子河底，快速地朝下游逃去。

黑白双鱼并没有去追赶河里的鱼群，而是快速地旋转着奔向了天空，去接应激斗正酣的三只火凤凰。

拉克勒环顾四周，整个三星堆一片寂静，所有的人都已经在卫兵的保护下撤了出去，大队人马正分作两路朝着三星堆西南方向艰难地行进。他用袖子擦干了青铜宝剑上面的血迹，还剑入鞘后，迈着大步向祭祀广场上走去。他这时候还根本不知道三星堆至高无上的玄无已经死亡。

拉克勒登上祭坛，想认真瞧一瞧地面上那些五颜六色的液体究竟是什么。他俯身仔细地察看，并凑近鼻子去闻，一股刺鼻的难以忍受的腥味被吸入肺腑，令他十分难受，头晕目眩。他赶忙伸手捂住鼻子，站起身来，掀开祭坛上的一块黑色的布帘，看见玄无直挺挺地躺在一口棺材里面。他吓得目瞪口呆，简直不敢相信自己的眼睛。

拉克勒喃喃地说道："这怎么可能呢？这怎么可能呢？是谁杀了尊贵的王？"他抬头望天，两行热泪顺着脸颊滚了下来。他想，一定是天上那个恶魔干的。

拉克勒咬牙切齿地骂道："善有善报，恶有恶报！我必定要亲手杀了你！"他一把盖上黑布，俯身亲吻了一下玄无的额头，然后转身就走下了祭坛。

这一切其实都被祭坛四周的高大的树们看在眼里。他们由于吸收了地面上的彩色雨点，尽管心里面十分明白他们是三星堆的树，千百年来三星堆村民和所有的人都待他们不薄，很有感情，但是，此刻的它们却完全失去了自控能力，整个树干还在继续疯长，树上的万千枝条也不受控制到处乱舞，那些盘根错节的树根看见拉克勒走过，便立即嗖嗖嗖地像一条条粗壮的蛇一样朝他围了上去。

十几条树根缠住了拉克勒的左脚，他看都不看，就挥剑一削，所有的树根就齐刷刷地散落一地。其余的树根并不感到害怕，反而越来越多地从四面八方爬了过来。拉克勒见势不妙，干脆驻足不动，他高举利剑，单脚一踮，只轻轻一旋转,身边所有的树根便立即缩退,和他始终保持着两米的距离。他走哪里,树根们就跟到哪里。树根和拉克勒就这样僵持着。

突然,天空中一阵狂风吹过,所有的高大的树干挥舞着长长的枝条,在高空中形成了一个巨大的绿色藤条笼子,端端正正地往拉克勒的头上罩了下来。

这一下让拉克勒防不胜防,他完全没有想到昔日自己亲手浇灌过的那些大树,此刻竟变得这么的凶恶。他被藤条笼子罩住了,脚底下那些树根也开始大胆地扑了进来。他在树笼子里面左冲右突,剑影挥舞,将那些从笼子外面爬进来的树根一一斩断。树笼子越收越紧,笼子里面的空间也越来越狭窄。

拉克勒立即举剑朝树笼猛砍,他砍断一根藤条,外面又爬过来一根树条,将他紧紧地包裹在里面,动弹不得。那些树根也趁火打劫。它们先是爬满笼子的外面,等待时机一到,便立即从笼子的孔隙钻了进去,然后死死缠住拉克勒的身子和那一把青铜利剑,让他彻底失去了攻击的能力。

第二十二章 成功打败恶魔

恶魔赫拉斯二百五十世再一次调动了地面上的植物,将巨目神拉克勒牢牢地控制在用树木的枝条编织的牢笼里面,动弹不得。他又开始指挥着鸭子河里面的鲤鱼群重新回来,对整个三星堆再一次发起猛烈的进攻。

红色鲤鱼群塞满了鸭子河,密密麻麻的,但秩序井然。十几条巨大的蚯蚓从地底下爬了上来,它们早已挖穿了地下密室,并将里面的泥土都翻了几遍。一群群长得像猪一样肥硕的大蚂蚁跟在蚯蚓的后面,到处觅食。整个三星堆一夜之间仿佛变成了一个庞大的野生动物园一般,到处是猛兽,到处是凶残的树根和张着血盆大口的红色鲤鱼。

赫拉斯二百五十世并不想立即就杀死巨目神,而是想彻底控制住他,然后为他所用。

千万条树根还在往拉克勒的身上爬,还在一点一点地缠绕。树根爬满了青铜面罩和头盔,然后再一点一点地钻进他的耳朵、嘴巴和眼睛里面去。拉克勒知道,自己已经被彻底地打败,但他不感到羞辱,内心深处默默地回想起玄无,也回想起美丽的玄蒲。他喜欢玄蒲,也爱护玄氏四姐妹。他觉得他对得起三星堆,更对得起玄无让他做人类守护神这个神圣的职位的信任。

拉克勒被盘根错节的树根死死地缠绕,根本就喘不过气来。渐渐地,他失去了知觉,外面究竟发生了什么,也一无所知。连那条红色鲤鱼首领重新返回三星堆,围绕着巨目神大喊大骂了些什么,他也一概不知了。

三星堆的树上都挂满了鲜艳的水果,那些水果看上去形状怪异,五颜六色,像一个个漂亮的彩球。

恶魔赫拉斯二百五十世和古尔丽夫妇复制地球的计划初步得逞了。他们手举黑色木盒,端坐云端,俯瞰着整个三星堆现在的模样,十分高兴。两个恶魔忍不住哈哈哈大笑了起来。

玄蒲、玄家和玄菱还在口喷火焰,围绕着恶魔赫拉斯二百五十世夫妇进攻。但在他们夫妇面前,火攻早已不起作用了。他们的目的就是要征服地球,将萨尔瓦西多星球上的一切都复制到地球上面来,然后,利用凶残的猛兽和植物将地球上的人类彻底消灭,变成他们的另一个乐土。

思想是无边界的。人类的任何一种好的思想,如果为善良的人所用,就会为宇宙造福。如果被坏人所利用,就会给宇宙带来巨大的灾难。

恶魔赫拉斯二百五十世和古尔丽夫妇盗窃黑色木盒子,无意间练就了木盒里面的太极思想,如今已经初战告捷。但他们夫妇俩的下一个目标，就是复制宇宙上所有的星球，达到彻底控制的目的。

熊乾和玄殊是善良的代表，他们俩组成了正义的太极思想。他们正在天空中不停地旋转，一点一点地接近赫拉斯二百五十世，准备和邪恶进行殊死的搏斗。

赫拉斯二百五十世正在开怀大笑，他根本就不知道木盒子里面的奥妙，以为他们夫妇俩修炼成功了，盒子里面的那两条黑白双鱼就只听他们的话了。他们以为征服了三星堆，就征服了地球上的一切。

此刻，熊乾和玄殊正悄悄地向赫拉斯二百五十世靠近，天空中出现了四条大鱼，一正一邪，一善一恶。赫拉斯二百五十世浑然不觉，因为正义总是看不见的，善良亦然。

熊乾靠近玄蒲三姊妹身边的时候，向他们抛过去一样东西，那就是玄无临终时交给他的金色圆盘，他还没有来得及转交就投入到保护三星堆的激烈战斗中了。

玄蒲、玄家和玄菱三姊妹站在金色圆盘上面，理了理头发，休息了一会儿。然后，三姊妹手拉着手，小声商量了一会儿，说："咱们一定要重新夺回三星堆！无论遇到多大的困难，都不要放弃！这只金色的圆盘是父亲留给我们的，以后大家都要好好保存。如果今后谁牺牲了，我们就在这块圆盘上面刻上她漂亮的身影，留给后人，让他们永远永远地记住，人类的文明来之不易！"。说完，她们驱动着金色圆盘，径直朝着赫拉斯二百五十世的头顶飞去。

熊乾和玄殊听了姐姐们的商量，也紧握双手，小声地告别。熊乾说："玄殊妹妹，这是一场恶战，你怕不怕？"

玄殊笑着回答道："和你在一起，无论遇到多大的困难，我都不害怕了。"

熊乾问道："为什么啊？"

玄殊说："其实，自从你第一天出现在三星堆，我就知道你很特别。你看上去很温和柔顺，内心却很强大。你看上去憨态可掬，性格却刚柔并济。是你身上的黑色圆圈吸引了我。"

熊乾吃惊地看着玄殊，显得有点失望。他问："是我身上的黑色圆圈吸引了你，而不是我本身吸引了你？"

玄殊咯咯咯地笑了出来，小声地回答道："在你还没有在三星堆出现之前，父亲每天都教我下棋。他总是让我执黑子，自己执白子。久而久之，我一看见黑色圆圈，大脑里面就会出现和父亲博弈时的情景。后来，当我看到你的时候，便不知不觉就被你身上的圆圈吸引过去了。"

一种失落感顿时涌上了熊乾的心头。他想，自己在竹林生活的时候，日子过得确实很简单，成天啃竹子，悠闲自在，却没有去多陪陪父亲。父亲也喜欢下棋却没有人去陪他,成天躲在竹林深处,自己和自己博弈。临行时,父亲又害怕我迷失了方向,再也回不到祖祖辈辈生活的竹海,便在我身上印了几个黑色的圆圈。

"熊乾哥哥,你在想什么?"玄殊见熊乾半天不说话,忍不住开口问道。熊乾摇了摇头,泪水在眼眶中打转。他想起了竹林,更想起孤独的父亲。

玄殊安慰熊乾道:"乾哥哥,不要难过。我父亲曾经说过,任何一个人,如果要成长,必须经历很多种磨难。你来到三星堆这一段时间,也经历了很多,也收获了很多。"她说完也收获了很多这句话过后,心砰砰砰地跳,像是要蹦出来似的。她又偷偷地看了一眼熊乾,脸上顿时泛起了一片红晕。

熊乾兀自沉浸在对竹林的回忆之中。他摇了摇头,轻轻地叹了一口气,抬头遥望着天空,轻声地说道:"宇宙之大,谁是未来的主人?我可不要做宇宙的主宰者,都怪我年轻时贪吃贪玩,才闯下了今天这样的大祸,整个三星堆就彻底地要毁灭在我的手里。"

玄殊将头倚靠在熊乾的胸前,温柔地说道:"不是你贪玩,那是天意!上天要交给你重任,你还敢推脱吗?"

熊乾摇了摇头,傻傻地笑了,说:"其实,我只想和你找一片竹林，安安静静地过日子。"

"嘿嘿，我也这样想啊，难道我每天想这样打打杀杀吗？可是，人世间的任何一种幸福，却都对应了一种痛苦。你要想获得幸福，就得先接受它所对应的痛苦，方得幸福。否则，你如果不先接受痛苦，即使幸福就摆在你的面前，你也是完完全全感受不到的！"玄殊说道。

听了这话，熊乾竟痴痴地紧盯着玄殊，足足有十几秒钟。他突然醒悟，这几句话听上去怎么那么的熟悉啊？这是他临行前，父亲千叮咛万嘱咐的几句话啊！当时，他是根本就听不进去的，而今天从自己喜欢的女人口里说出来，却是那么的顺耳。熊乾的内心顿时涌起了一阵波浪，他伸手搂过了玄殊，把她紧紧地拥抱在怀里。

"诶，你们两个在干什么？快点来攻打恶魔啊！"三姊妹不见妹妹和熊乾向敌人进攻，却只顾在那里卿卿我我，便齐声大喊了起来。

熊乾和玄殊这才尴尬地分开，对视一笑，立即便端坐身子，调匀呼吸，开始冥想，驱动着黑白双鱼向恶魔发起进攻。

太极的力量在于心力。心力越大，力量越大。心力越齐，威力无比。此刻，熊乾和玄殊心心相印，犹如水乳交融。两个年轻的灵魂像火一样相互燃烧，又像甘泉一样清澈见底。

而赫拉斯二百五十世和古尔丽夫妇毕竟是乌合之众,邪魔歪道而已。他们各怀鬼胎,灵魂邪恶,又怎么能够主宰宇宙?

熊乾和玄殊倏地升高,腾空而起,像两个巨大的充满了无穷活力的宇宙精灵,携手冲破了乌云,一齐冲向了云端上面蔚蓝的天空。他们不停地旋转,不停地调整姿势,不停地蓄积着巨大的能量。

玄蒲三姐妹看见妹妹和熊乾腾空飞跃,充满了无穷的活力,也跟着驱动金色飞盘,冲破厚厚的云层,在蔚蓝的天空中划出了一个美丽的圆圈。他们口喷烈焰,金光闪闪。

一团巨大的火球滚来,宇宙之神一直站在天边,静静地观看这一场争斗。他终于理解了玄殊,读懂了熊乾。他原谅了玄殊。此刻,为了保护人类的家园,重新找回三星堆文明,他也前来助阵。

"熊乾和玄氏姐妹们听着,自古以来,宇宙中就充满了邪恶!但是,邪恶的思想没有沃土,至少在我这里是不能生根发芽的!只要心齐,正义就一定能够战胜邪恶!"

玄氏姐妹飞了过来,巨大的火球也跳跃上了金色圆盘,整个宇宙顿时光芒四射,金色的阳光和紫色的正气扑面而来。

地面上,三星堆逃难的村民都停止了脚步,所有的人干脆席地而坐,或倚或靠,仰望着天空,都期盼着奇迹能够出现。

几万头猛犸象也高举象鼻，抬起前蹄，对着天空呜呜呜地鸣叫，为熊乾助阵，也为玄氏姐妹们鼓劲。

鸭子河里，上万条红色鲤鱼不再游动，它们都一动不动地仰望着天空，个个都露出了惊恐的表情。蚯蚓不再挖土，而是迅速地钻入了地下，吓得瑟瑟发抖。

先前还十分嚣张的植物们都开始收敛自己的行为。它们在静观其变，等待着任何一方的胜利，然后就选边站队。它们都是不可信的，人类给它一点阳光就灿烂，给它一点温暖就点头哈腰。

拉克勒尽管被树根死死缠绕，逃脱不出牢笼，但他顺风耳的功能依然还在。他在树笼里面静静地聆听着天空中的一举一动，知道正义和邪恶之间的大决战即将到来了。他独自激动得泪流满面。他为自己辛辛苦苦守护了几千年的三星堆能够再次夺回而感到欣慰。

"人类，永远不会被邪恶打败的！"他想大声地呼喊，但嘴巴里面尽是树根。但此刻，他已经不怕。他知道，只要天空中赫拉斯二百五十世和古尔丽那两个恶魔被彻底击败过后，身边的一切就将彻底乾坤倒转。

站在三星堆祭祀广场上的红色鲤鱼首领，十分迷茫地仰望着天空。他听不懂神话，更不明白熊乾的来历和身世。所以，它还在抱着各种美好的幻想。幻想自己能够彻底占领三星堆，甚至幻想能够成为宇宙的最高统帅。

古尔丽最先发现情况不对，还没有瞎的另外一只眼睛承受不了那么强烈的光芒，她突然感觉到了一股炽热的正气向她袭来。金色圆盘上面刺眼的霞光，将他们夫妇俩彻底笼罩，让所有的人都看得清清楚楚明明白白。

赫拉斯二百五十世停止了狂笑，只见他突然站了起来，丢下黑色木盒，指挥黑色大鱼，张牙舞爪地朝发着光亮的地方扑去。

熊乾和玄殊蓄积了无穷的能量过后，抓住机会，从宇宙上空急速俯冲了下来。只听得轰隆隆轰隆隆几声响过，天空中一道锋利的闪电将黑压压的乌云撕开了一道巨大的口子。熊乾和玄殊斩断了赫拉斯二百五十世的左腿，血流不止。

赫拉斯二百五十世痛苦地弯着腰，伸手捂住伤口，狂怒地喊道："我要跟你拼了！"他抬起单脚，倏地向右边一跳，直奔熊乾和玄殊而去。

玄氏姐妹站在金色圆盘上面看得真切，她们集体张口，对准赫拉斯二百五十世奔跑的路线，喷出了一条长长的火焰，想阻断他的进攻。

古尔丽想逃跑，只见天空中那条白色的大鱼正在慢慢地缩小,最终化成了几滴雨滴落了下来,吓得瑟瑟发抖。

金色圆盘中间的巨大火球,突然张开大嘴,将一团金色火焰喷在古尔丽的身上,顷刻间,将她活活烧死。

赫拉斯二百五十世一击不成功,立即发起了第二次反扑。现在,他只剩下了孤独的自己,那条黑色大鱼在正义的熊乾面前,吓得开始倒退,不敢向前冲了。

金色圆盘立即飞奔过去,玄菱一把抓过黑色木盒,将它递给圆盘中间的火球,让他保管。

熊乾和玄殊继续进攻,他们俩悄悄商量了一下,突然闪电般地分开,一黑一白,围绕着赫拉斯旋转,将他死死地包围在中间。熊乾说:"恶魔赫拉斯,你的死期到了!赶快投降吧!"赫拉斯要做最后的挣扎,他哈哈哈地大笑了几声,说道:"我就偏不投降,看你们能够怎样?"他一边说,一边使出了他最后的绝招。赫拉斯带着一股邪恶的怒气,直挺挺地朝玄殊撞了过去,准备和她同归于尽。

这一变化来得太突然了,以至于熊乾事先根本就没有料到。只见赫拉斯携带着那条黑色大鱼,倏地撞进了白色大鱼的肚子里面去了。

玄殊顿时感到阵阵恶心,浑身软了下来。

玄氏三姐妹看见妹妹受伤,赶忙停止了喷火,朝她围了过去，并将她拉上了金色圆盘，慢慢地飞向地面。

赫拉斯二百五十世和古尔丽夫妇被彻底消灭了。那条红色鲤鱼早已看傻了眼。他一边朝鸭子河逃跑，嘴里一边念叨："这怎么可能？这怎么可能？"然后，只听得扑通一声，它跳进了河底，随着河水逃跑了。

三星堆所有的植物，都观看了头顶上整个的战斗过程。它们先前的信心被彻底击垮了。一棵千年桢楠红着脸，十分害羞地弯腰揭开了罩在拉克勒身上的树笼子。所有的树根见状，都纷纷退缩，不好意思地从拉克勒身上爬了下来，然后悄悄地离开。

巨目神摘下头盔，眨了眨眼，他在寻找玄蒲。

老桢楠对拉克勒点头哈腰地道歉道："实在是对不起，我们也是受了坏人的蛊惑，做出了对不起你和三星堆的事情。我知道，过去你对我和我的子孙们都十分的好，从来都没有伤害过我们。我诚恳地请求你能够原谅，原谅我们的鲁莽！"

拉克勒朝着祭祀广场走去，根本就没有心思去听老桢楠的解释和道歉。此刻，他最想见到的就是自己日夜思念的玄蒲。

熊乾也站在祭祀广场上，圆盘上的红色火球拿出黑色木盒，将它恭恭敬敬地递给了熊乾，说："三星堆交给你了！宇宙的未来也交给你了！"说完，火球腾空而起，喷着长长的烈焰，在整个三星堆上空只停留了片刻，将先前被恶魔喷洒过彩色毒液的所有植物全部烤焦了过后，径直飞向了太空。

树木被烤焦了过后，一丛丛新叶开始从地底下冒了出来，正在渐渐地长大。小草从地底下探出了嫩芽，十分害羞地笑了笑。一群蚂蚁列队经过熊乾面前，整齐划一地举起了左手，向他致敬。十几条蚯蚓一边爬一边说："哎！还是现在的日子好啊，简简单单，吃点儿泥土也很满足。心太大了要不得，真的是要不得！"

微风吹过，三星堆重新恢复了生机，到处空气清新，桃红柳绿，一派温馨。离开的人们也陆陆续续进了村。

熊乾走到玄殊的面前，单膝跪地，手里面捧了一朵洁白的蒲公英，递到她的嘴边。玄殊咯咯咯地笑了起来，脸上布满了红晕。

见此情景，玄蒲悄悄地走开，独自倚靠在那棵桢楠的树干上面，双手抱在胸前，内心平静地眺望着远方。

拉克勒走了过去，笑嘻嘻地递给了她一个红红的苹果。玄蒲瞪了他一眼，小声地骂道："看你笑起来有多丑！"

玄菱失落地拉着玄家的手，漫步在鸭子河畔，眼睛却总是离不开桢楠的方向。

尾声　三星堆藏着太多的秘密

"陈默博士，这里有你的一封信。"护士走了进来。

陈默还沉浸在悠长的故事情节当中。护士拿着信在他的眼前晃了晃，继续说道："医生说，你今天可以出院了！"

"啊！你说什么？"陈默吃惊地问道。

"你可以出院啦！"护士一字一顿地回答道。

陈默摇了摇头，心里想：出院，出院，出了院又去哪儿呢？大地震的创伤还没有完全修复。整个宇宙还充满了邪恶，地球上被钻得千疮百孔，到处乌烟瘴气，我作为一个地理学家却不能保护好地球。他十分痛苦地摇了摇头，眼角上流出了两行清泪。

"爸爸，你怎么哭了？"豆豆不解地问道。

"你是不是想——"

陈默摇了摇头，伤心地说："孩子，关于三星堆的故事还没有完，以后，故事怎么发展，就靠你们自己去编吧！"

豆豆高兴地跳了起来，在病房里转圈圈，并大声地喊道："哦，我也可以编故事啦！我也可以编故事啦！"

"闭嘴！爸爸讲的是真的，谁说的是瞎编的？"果果跑过去捂住了妹妹的嘴巴。

陈默不解地看着两个孩子,再看看轮椅上面的两条假肢,心想:三星堆藏了太多太多的秘密,就像人心一样,没有逻辑可解。

"亲爱的,你有什么秘密不可解呢?"妻子不知什么时候早已站在了门口。

两个孩子见到母亲,一齐扑了过去。

护士帮助陈默收拾好行李,他坐在轮椅上,一家人有说有笑地去了停车场。就在大家推着轮椅上车的时候,远远地,陈默看见了还拄着拐杖的余敏。

他对她笑了笑,她向他挥了挥手。

汽车便驶出了医院,留下一缕白色的烟雾。

在车上,果果问:"爸爸,是谁把熊乾哥哥从狮子口里救出来的呢?熊乾哥哥回竹海了吗?"

陈默说:"我们一起探索这个问题吧!"

果果和豆豆异口同声地说:"好啊,我们一起!"